成り上がり弐吉札差帖

公儀御用達

千野隆司

角川文庫
24209

目次

主な登場人物

弐吉　浅草森田町の札差・笠倉屋の手代。幼い頃、侍の狼藉がもとで両親を亡くし、天涯孤独となった。

金左衛門　笠倉屋の主人で、やり手の札差。奉公人から婿に入った。

清蔵　笠倉屋を支える番頭。商人としての矜持と厳しさがある。

貞太郎　笠倉屋の跡取り息子。商売への興味が薄く、外で遊んでばかりいる。

猪作　笠倉屋の手代。

お文　笠倉屋の仲働きの女中。清蔵とは遠縁の間柄。

お浦　浅草元旅籠町の小料理屋・雪洞《ぼんぼり》の娘。

城野原市之助　南町奉行所定町廻り同心。浅草・外神田界隈が縄張り。

冬太　城野原の手先。行き場がなく、ぐれていたところを城野原に拾われた。

前章　無茶な金談

一

日足が徐々に早くなり、朝夕は冷気さえ感じるようになった。昼間は晴れていれば、寒くも暑くもない。心地よい風が蔵前橋《くらまえばし》通りを吹き抜けた。すっかり秋の気配となった天明《てんめい》八年（一七八八）八月八日のことである。

屋台の甘酒売りのもとで、熱い甘酒を啜《すす》っているどこかの札旦那《ふだだんな》らしい侍の姿が見えた。木戸番小屋では、売り物の蒸《ふ》かし芋が湯気を上げていた。

浅草森田町《あさくさもりたちよう》の札差笠倉屋《ふださしかさくら》には、九人の札旦那が金談のために足を運んできていた。手代の弐吉《にきち》は、対談方《ひど》（貸出方）として朝からその相手をしていた。

「屋敷の雨漏りが酷くてな、ずいぶん辛抱をしたのだが、やはり修繕を致さねばならぬことになった。近頃は手間賃も高直《こうじき》になってな、なかなかにたいへんだ。銀三十匁《もんめ》、どうにかならぬか」

「それはお困りでございますねえ。ただだいぶ貸金の額も嵩《かさ》んでおります。返済がたいへんになりますよ」

「致し方あるまい」

「ご自分で直せるところはなさって、手間賃を減らしてはいかがでございましょう」

弐吉は告げた。借りた金は、利息をつけて返さなくてはならない。直参《じきさん》の家禄《かろく》は決まっていて、出世でもしなければ実入りを増やすことができない。返済がたいへんになるのは見えているので、返済が滞っている札旦那には、少しでも借りる額を減らす方法を弐吉から提案したのだ。

札差の主な仕事は直参の給与である禄米《ろくまい》の代理受領とその換金だが、他にもあった。それが金貸し業だ。次年度以降の禄米を担保にして、金を貸した。これは公儀も認めていた。

御家断絶でもない限り、家禄は毎年支給される。それを担保にするのだから、貸し倒れはない。確かな貸出先といえた。

札差は金を貸して利息を得るのも商いの内だから、躊躇《ためら》わず貸す店もあった。しかしそれでは、借金の返済で首が回らなくなる御家が出てくることになる。十年も先の禄米では、担保になりにくい。

　笠倉屋では、出入りの札旦那の禄高とこれまでの貸金の残高を勘案しながら商いを行った。主人の金左衛門《きんざえもん》と番頭清蔵《せいぞう》の方針でもあった。

　四十二歳になる金左衛門は婿だが、札差の商いについては精通していた。九歳年上の清蔵が、主人を補佐した。

　この二人がいる限り、笠倉屋の商いは盤石だと誰もが口にした。

　対談をしている手代は十八歳の弐吉が一番若く、他に十九歳の桑造《くわぞう》、その一つ上の猪作《いさく》、二十二歳の佐吉《さきち》の三人がいた。このやり取りの様子に、金左衛門や清蔵は目を光らせている。問題があれば、二人に相談をした。

　他に小僧が四人いた。

　順番を待つ五人の札旦那たちは、縁台に腰を下ろして、小僧の淹《い》れた茶を飲んだり煙草を吹かしたりしながら雑談をして過ごしている。禄高に多少の差があっても、ここでは顔馴染《なじ》みになって、身近にあった出来事を話題にした。

「後六日で、深川富岡八幡宮《ふかがわとみおかはちまんぐう》の祭礼だな。大神輿《みこし》や山車《だし》が練り歩く様は見事でござるぞ」

「倅《せがれ》が、見に行きたいとせがみおる」

「十五夜の観月も楽しみだ」

八月十四日から始まる深川の八幡祭は、赤坂日枝《あかさかひえ》神社の山王《さんのう》祭、神田明神《かんだみようじん》の神田祭とともに江戸《えど》三大祭の一つに数えられていて、武家も町人もこの日を楽しみにしていた。八幡祭では、大神輿の渡御が評判だ。沿道の者たちは、水をかけて景気をつける。

また十五夜の観月は、祭礼でも昼間の催しとは違う趣があるものとして、仕事を終えた多数の者たちが集った。

「いらっしゃいませ」

新たな札旦那が姿を現すと、小僧たちが声を上げる。縁台に腰を下ろした札旦那は、話に加わる。用談を終えた者が引き上げると、番を待っていた札旦那が縁台から抜けた。いつの間にか、話題も変わる。

笠倉屋の店の中は賑《にぎ》やかで、活気があった。その中で、帳場にいる一人だけが、やる気がなさそうに商い帖《ちよう》に目を落とし算盤《そろばん》を弾《はじ》いていた。

若旦那の貞太郎《さだたろう》である。

二十歳になる貞太郎は跡取りではあったが、商いへの関心は薄かった。度胸もないし辛抱もきかない。金左衛門や清蔵の目を盗んでは、店を抜け出す。吉原《よしわら》通いと共に、どこかの町の娘や後家にも手を出しているという噂がいつもあった。

「近頃は、常磐津《ときわず》の師匠に入れ込んでいるらしいよ」

と弐吉に耳打ちした同業の手代がいた。

金左衛門は貞太郎を跡取りとして厳しく育てようとしたが、おかみのお狛《こま》と大おかみのお徳《とく》が甘やかした。金左衛門は商いの面ではやり手の主人とされているが、家のことになると、お狛とお徳に頭が上がらない。

「どら息子の代になったら、笠倉屋もどうなるか分からないよ」

意地悪い噂話をする者は少なくなかった。

一月半ほど前は、禄米の公定価格である貼り紙値段のことで、貞太郎が大きなしくじりをした。笠倉屋の暖簾《のれん》を汚すような行為だったが、弐吉の尽力によって解決した。札旦那や外の札差に漏れることもなく済んだ。

貞太郎にはことを収めた弐吉に対する感謝の気持ちはなく、むしろ恨んでいる様子が窺《うかが》えた。朝の挨拶《あいさつ》をしても、返答がない。いない者のように扱う。

己のしくじりを奉公人に助けられて、自尊心が傷ついたということか。以来商いについて、ますますやる気をなくしたようにも感じられた。

手代の猪作も貼り紙値段の一件では、貞太郎に手を貸した。そのため店の中では、評価を落とした。

結果として弐吉に救われた形になる。後から奉公した手代に借りができてしまったことが不快なのだろう。弐吉には怒りと妬《ねた》みの気持ちを持っている模様だった。用件以外は、口を利かない。

もともと猪作からは、疎まれていた。

年下の弐吉が、店の中で評価を上げているのが気に入らないのだと見受けられた。弐吉が手代になってからは、厄介な札旦那を押しつけてくることも多い。

過去には、嘘の配達先を伝えられたり、飯櫃《めしびつ》を空にされたりするなどのいじめを受けたこともあった。仲働きの女中お文《ふみ》がいて、握り飯を食べさせてもらったが、それがなければ飯抜きになっていた。

札旦那の能見《のうみ》彦兵衛《ひこべえ》が、笠倉屋へ姿を見せた。一人ではなく、札旦那の黒崎《くろさき》禧三郎《きさぶろう》とその用人篠田《しのだ》申兵衛《しんべえ》が一緒だった。

三人でやって来たのである。

それで縁台で待っていた札旦那たちが話を止め、黒崎に黙礼をした。金左衛門と清蔵が、上がり框《がまち》のところまで出て来て頭を下げた。

黒崎は笠倉屋の札旦那《ふだだんな》では最も高禄で、家格も高かった。歳は四十一で家禄は四百俵、御納戸組頭《おなんどくみがしら》を務める旗本だった。いつも用人の篠田を伴っている。

笠倉屋に出入りする札旦那のあらかたの者は、禄米を担保に金を借りていた。しかし黒崎は、数少ない無借金の札旦那の一人だった。家格も高かったので、聞き分けのない札旦那に対しては、意見をしてもらうことがあった。それでことが丸く収まった。

店としては、ありがたい存在だった。金左衛門と清蔵は、黒崎を別格の札旦那として丁寧な扱いをしていた。

「相変わらず、繁盛しておるな」

「札旦那の皆様のお役に立てることができれば、幸いでございます」

黒崎の言葉に、金左衛門が応じた。

「うむ。何よりの心がけだ」

上機嫌で答えている。

弐吉は他の札旦那と対談中だったが、黒崎の脇にいる能見にちらと目をやった。三人揃って姿を見せることは、一度もなかったからだ。

　三十八歳の能見は家禄二百俵の御納戸衆で、黒崎の配下となる。近い関係にあるのは分かるが、一緒というのは腑《ふ》に落ちなかった。

　黒崎は、能見に顔を向けると、そのまま続けた。

「この者の申しように、便宜を図るがよい」

「…………」

　金左衛門と清蔵は、意味がよく分からなかったらしく、返事をしなかった。ただ、改めて問いかけをすることもなく、にこやかに頷《うなず》いた。あいまいな形にして、都合のよいように処理をする。苦情が入ると、状況に応じて対応を考える。その手腕が、金左衛門と清蔵がやり手といわれるゆえんだった。

「では、わしはこれで引き上げる」

　上機嫌なまま、黒崎は立ち去って行った。能見と篠田が残った。能見は金談に来たので、己の順番を待った。割り込みはしなかった。篠田は付き合っている。

　能見の順番になるとき、対談を終えたのは猪作だった。もともと能見の相手は、猪作がしてきていた。

　けれどもこのとき、猪作は雪隠《せっちん》に立った。ちょうど折よく、次に対談が済んだのが弐吉だった。

「おまえがお相手をしろ」

猪作はそう告げて、行ってしまった。

「はい」

仕方がなく、軽い気持ちで請け負った。弐吉は、能見と篠田とに向かい合った。

「用立ててもらいたい金子《きんす》がある」

能見が言った。横で篠田が頷いている。黒崎が言い残した便宜を図るとは、このことだと察した。

弐吉は、これまでの貸し出しの記録を検《あらた》めて仰天した。能見はもう、貸すことができない札旦那だった。

五年先の禄米《ろくまい》まで抵当に入っていて、さらに五年以上前の借金もまだ返済ができていなかった。貸金の総額は、百二十両を超える。話にならない相手だった。

篠田は能見の横で、これから相手をする弐吉に鋭い目を向けていた。黒崎が残した言葉の意味を、弐吉はここで理解した。

「近く娘が嫁に参る」

「おめでたいことで」

慎重に返した。

「そこでだ、十両を用立ててほしい」

能見は、当然のことのように胸を張って言った。

「さようで」

弐吉は動揺を悟られぬように、声を落として答えた。

「やられた」

と思っている。本来ならば、猪作が対談をするべき相手だった。しかし猪作は、雪隠へ行くと告げて、やりにくい相手を弐吉に押し付けてきたのである。

貸金のこれまでを見れば、なりたての手代でも貸せない相手であることははっきりと分かる。ただ対談の直前に、黒崎が便宜を図れと言い残していた。

しかも用人の篠田が残って見張りをしている。猪作は厄介な札口那を押しつけてくることが、これまでにもあった。

ともあれ向かい合った以上、弐吉が相手をしないわけにはいかない。

「そうさな、利息は年利一割三分でよかろう」

能見は、しゃあしゃあと口にした。

利息は貸し手である札差《ふださし》が勝手に決めることができなかった。公儀が定めた年利は、一割八分までとされている。もちろんこれより少ないこともあり、これまでの貸金履歴によって打ち合わせで決められた。

返済が思わしくない借り手には、当然高利となった。借りにくくさせたのである。相手が能見ならば、一割八分でも貸せない話だった。

おそらく黒崎は、そういうことを承知の上で便宜を図れと告げてきたのだ。

「娘の祝言のためにできることをしたいというのは、親として当然であろう」

いい顔ができない弐吉に、能見は畳みかけるように言った。

「まさしく。札差としても、その思いをむげにはできまい。我が殿も、その思いを受けて、わざわざ出向いてきたのだ」

篠田が引き取った。やはり、という思いで聞いた。

「しかし返済のことを考えますと」

「返さぬとは申しておらぬ。先の家禄から、差し引けばよいのだ」

無茶なのは明らかだが、引く気配はなかった。ぜひとも欲しいとして粘った。篠田が助勢に入っているのが厄介だった。

猪作は手が空《す》いても、知らんぷりをしている。

貸せば責められるし、貸さなければ話は終わらない。

「その方、先ほどの黒崎様のお言葉を、聞いていなかったのか」

能見は苛立《いらだ》ちを募らせた声で言った。

弐吉は清蔵に目をやった。仕方がないと言った顔で清蔵は頷いたが、唇の動きで半分と告げていた。

「仕方がありませんね。では三両、いや五両でいかがでしょう。黒崎様のお言葉があってのことでございます」

これ以上は、何があっても出せないという気持ちで答えた。

「うらむ」

能見は、それで渋々頷いた。当人にしてみれば、もう借りられないことは分かっているはずの申し出だった。

「これきりでございます」

弐吉は、念を押した。黒崎の助勢は大きかった。

「またあっては、商いにならないぞ」

能見と篠田が引き上げた後で、清蔵が言った。そのときには、腹を括《くく》るしかないとの判断だ。

「しかしなぜ、黒崎様はあのような言葉を残したのか」

黒崎はこれまで、さして情に厚いようには見えなかったが、能見には甘いことが弐吉には腑に落ちなかった。

「おかしいですね。何かあるのでは」

弐吉は清蔵に訴えた。

「そうだな。何かがありそうだ。どちらも御納戸方で上役と配下なのが気になるな」

清蔵は、商人《あきんど》としてもう能見には貸したくないと考えている。事情を知りたいという気持ちになっているらしかった。

「おまえ、探ってみるか」

と清蔵は言った。

「はい」

黒崎は、弐吉にとって気になる相手だった。父弐助《にすけ》は侍から暴行を受けて、それがもとで亡くなった。十年前のことだ。

その暴行を加えて死なせた人物が、黒崎ではないかと見ていた。

二

夕刻、貞太郎は近江屋《おうみや》喜三郎《きさぶろう》と吉原へ繰り出していった。

黒地の三枚小袖《こそで》、膝下《ひざした》まである長羽織に、染め抜きの五つ紋、鮫鞘《さめざや》の脇差《わきざし》を差しこんで、柾目《まさめ》の通った下駄《げた》を履いていた。待たせていた駕籠《かご》に乗り込んでゆく。

十八大通《じゅうはちだいつう》の一人として知られる札差近江屋喜三郎について、いっぱしの遊び人のような顔をしていた。分限者と呼ばれる札差は、金に飽かせて贅沢《ぜいたく》な遊びをした。近江屋は刷毛《はけ》先を短くした蔵前本多《ほんだ》の髷《まげ》を、銀の元結で束ねている。

貞太郎はそれらを真似ようとしていた。

「さすがですねえ。ご立派な身なり。これでこそ、笠倉屋の若旦那《わかだんな》です」

おべんちゃらを言って送り出したのは、猪作だった。金左衛門は苦々しい面持ちで目を向けるが、お狛とお徳が甘かった。

「札差の若旦那が、けちな遊びなんざしちゃあいられないよ」

「そうだよ。素人を相手に、面倒なことを起こされたらばかなわないが、そうじゃあないんだから」

どちらも肩を持つ言い方をした。

一部の町の者や通りかかった者たちは、面白がって繰り出す駕籠を見送った。近江屋についた幇間《ほうかん》が、見物の者たちに銭をまいた。

「よっ。お大尽」

調子のよい声を上げて、野次馬たちはそれを拾った。

「通人は、することが粋《いき》じゃあないか」

猪作はそう言って、手を叩《たた》いた。

弐吉は白けた気持ちで、店の軒下からその様子に目をやっていた。

「あんなのが主人と番頭になったら、笠倉屋は間違いなく潰《つぶ》れるね」

そう弐吉に話しかけてきたのは、お浦《うら》だった。貞太郎と猪作のことを言っている。

お浦は十七歳で、母親お歌《うた》が商う浅草元旅籠町《もとはたごちょう》の小料理屋雪洞《ぼんぼり》で手伝いをしている。札差や大店《おおだな》の若旦那、番頭などがやって来る店だ。お歌とお浦の母娘《おやこ》は共に評判の別嬪《べっぴん》で明るく伝法な性格だから、店は繁盛していた。

「そうならないように、するつもりですがね」

「追い出すのかい。それならば、店は安泰だよ」

お浦は歯に衣着《きぬ》せない物言いをする。腹にあることが、そのまま口から出たのだろう。

「馬鹿なことを、言っちゃあいけませんよ」

間違っても若旦那は若旦那で、追い出せばいいというものではない。貞太郎には、いつか気づいてもらわなくてはならないと思っていた。

けれどもお浦がはっきり言葉にしてくれたことで、白けた気持ちがいくらかすっとした。お浦とは、何年か前に、狂犬に迫られ噛《か》まれそうになっていたところを、弐吉が助けてやったのが出会いだ。それ以来、会えば親し気に声をかけてきた。めげているときは、それを察してか飴玉《あめだま》を口に押し込んで言った。

「しっかりおしよ」

歳下のくせに生意気だと思うが、飴の甘さが気持ちを和らげた。

「雪洞で、板前修業をすればいいじゃないか。笠倉屋にいるよりも、確かだよ」

前に、婿に入らないかと言われたことがあった。しかし弐吉には、札差として生きて行くという決意と覚悟があった。

札差として力をつけ、両親を死に追いやった武家を銭の力で屈服させたいという思いで日々励んでいる。笠倉屋を出る気持ちなど、弐吉には微塵《みじん》もなかった。

お浦には、もちろん詳しい事情を話したわけではないが、言葉の端々から弐吉の覚悟を感じとってくれたらしい。

「弐吉さんは、必ず笠倉屋を支える人になるよ」

生意気なことは口にしても、お浦は励ましてくれる。それはありがたかった。

翌日夕刻、冬太《ふゆた》は旦那である南町《みなみまち》奉行所定町廻《じょうまちまわ》り同心の城野原市之助《きのはらいちのすけ》と別れた後、行徳河岸《ぎょうとくがし》へ出た。南茅場町《みなみかやばちょう》の大番屋で、城野原は老爺《ろうや》を脅して金を奪おうとした破落戸《ごろつき》の調べをおこなった。それが済んで、今日の仕事が終わったのだった。

「おや」

橋を渡って、永久島《えいきゆうじま》へ出ようとする貞太郎の姿を見かけた。身なりこそ立派だが、浮ついた印象の歩き方だと思った。

蔵前からはやや離れている。意外な場所といっていい。

「あいつ、昨日は近江屋と吉原へ繰り出したんじゃあなかったのか」

派手に出かけたと、話には聞いていた。そしてまた今日は、どこへ行こうというのか。仕事とは思えない。

「懲りないやつだ」

腹立ちが、口から出た。貼り紙値段の一件があるので、苛立《いらだ》ちもあった。事件の解決には、力を貸した。

弐吉とは知り合ったばかりの頃は反発したが、複数の事件を解決してきた中で、気持ちが通じるようになった。貞太郎は猪作と共に、弐吉には辛《つら》く当たる者だということも分かっていた。

「何をするのか。つけてみよう」

城野原とは別れた後だから、他にやることもなかった。

貞太郎はそのまま歩いて、新堀《しんぼり》川の手前で左折した。川は渡らないで、川の北河岸を歩いた。対岸は霊岸島《れいがんじま》となる。

行った先は、永久島北新堀町《きたしんぼりちょう》のしもた屋だった。

「ごめんなさいよ」

軽い口調で声をかけると、手慣れた様子で格子戸を開け中に入った。軒下には、女の手で書かれた『常磐津《ときわず》指南』の看板がぶら下がっていた。

まず冬太は、木戸番小屋の番人の爺《じい》さんに問いかけた。

「お澄《すみ》さんですね。旦那を亡くして、ここへ越してきたんです。常磐津の師匠をして、食べている人ですよ」

食べていける程度の弟子がいて、それなりの実入りがあるらしい。亡くなった旦那の残した貯《たくわ》えがあるのかもしれないと言い足した。

近くの荒物屋でも、店先にいた中年の女房に訊《き》いた。腰の十手に手を触れさせてのことだ。

「歳は二十四だとかって聞いたけど、あの人、前は囲われ者だったらしいですよ」

女房は声を落として言った。旦那は、京橋《きょうばし》の海産物問屋の隠居だったとか。

「あの家を、貰《もら》ったんだな」

「そうじゃないですか」

「弟子は、それなりにいるわけだな」

「まあ、器量がいいですからね。それがお目当ての、商家の旦那さんや若旦那、職人の親方も来ているようです」

「なるほど。性懲りのないやつだ」

呟《つぶや》きが出た。貞太郎のことを言っている。

様子を見ていると、四半刻《しはんとき》（約三十分）ほどで出て来た。二十代前半といった年頃の女も見送りに出て来た。

それがお澄らしかった。提灯《ちょうちん》を貞太郎に手渡した。

淡い明かりの中に、整った女の顔が見えた。少しの間、二人は何か言い合った。だが貞太郎は冷ややかな態度で、お澄が機嫌を取っているようにも見えた。話し声は聞こえず、二人の様子については冬太が目にした印象だった。

貞太郎は立ち去り、お澄は見送った。どうも様子が変で、別れ話をしたのかと推量した。男の姿が見えなくなると、女は家の中へ入った。

それから冬太は、荒物屋の女房にお澄が親しくしている者を教えてもらった。町内の湯屋の女房だというので、早速行ってみた。

同じくらいの歳で、赤子を背負っていた。お澄は湯屋の客で、世間話をしているうちに親しくなったのだとか。

冬太は、お澄の近頃の様子を訊いた。

「あの人、もしかしたらお腹に赤子がいるかもしれません」

腹は目立たないが、そんな気配を感じたのだとか。はっきりしたわけではない。

「相手の男は」

「大店《おおだな》の若旦那《わかだんな》らしいですけど」

「産めるのか」

先ほどの貞太郎の態度を頭に浮かべながら尋ねた。

「もしお腹に子どもができていても、まだ話せていないかもしれない」

「どうしてだ」

「何だかあの人、近頃寂しそうだから」

だとすると今日、話したのではないかと冬太は思った。目にした二人の様子からだ。

腹の子が貞太郎の子ならば、笠倉屋にとっては大きな問題になるのではないか。素人とはいっても、四歳年上の囲い者だった女だ。

お狛とお徳は、すんなり受け入れるのか。

「あの馬鹿、また悶着《もんちゃく》を起こしやがったな」

冬太は呟いた。

第一章　宿った赤子

一

　能見と金談をした翌日の昼四つ頃（午前十時頃）、弐吉は白絹一反を風呂敷《ふろしき》に包んで持ち、小日向築地《こびなたつきじ》へ向かった。江戸《えど》川の南に広がる武家地だ。小旗本や御家人の屋敷が並ぶ界隈《かいわい》である。

　人通りが少なくて静かだ。空では河原鶸《かわらひわ》が、「キリキリ、コロロ」と鳴き声を上げている。庭の柿の木が、色づき始めた実をつけていた。

　出向いたのは能見の屋敷で、切米《きりまい》の折に何度か自家用の米俵を運んだことがあった。片番所付きの長屋門で、敷地は六百坪ほどあった。家禄《かろく》二百俵はぎりぎりの御《お》目見《めみえ》で、一応旗本ということになる。

「ごめんくださいませ」

　弐吉は潜り戸を叩《たた》いた。奉公人は中間《ちゅうげん》が二人と女中が一人いるだけなので、気づかれるのに少し間がかかった。

能見は今日、出仕していると分かっていたが出向いてきた。娘の祝言の祝いの品を運んで来たという形だ。

実際は、様子を探りに来た。黒崎が庇《かば》う理由を探らなくてはならない。

借金だらけなのに、長屋門を始め玄関のあたりにも、荒《すさ》んだ気配は感じなかった。

弐吉は妻女に祝いの品を渡し、口上を述べた。

「まことに、おめでたいことでございます」

妻女の身なりは、悪くなかった。五年先の禄米まで抵当に入っていて、さらに五年以上前の借金もまだ返済ができていない札旦那となると、たとえ家禄二百俵の御目見でも手取りはだいぶ削られる。家禄二百俵は、笠倉屋の札旦那の中では高禄の方だが、返済額が大きいからだ。

だがその割には、追い詰められている気配を感じない暮らしぶりだった。

「笠倉屋も吝《しわ》いではないか」

妻女は祝いの品を受け取ったが、早速に苦情を口にした。能見から、話を聞いていたのだろう。

「申し訳のないことでございます」

これまでのこともあるのでと返した。事情は分かっているらしかったが、不満はあるようだ。

「娘を嫁に出す以上、それなりのことはして出したい」

という親心は分かったが、どうしようもない。

「申し訳ないことで」

ひたすら頭を下げる。頭を下げて済むならば、何度でも下げる。

「他で、何とかするしかありません」

と妻女は言った。こちらに不満はあるらしかったが、どうにもならないという気配は感じなかった。

「何とかなるのか」

屋敷を出た後で、弐吉は呟いた。金子《きんす》がないならば、ないなりに始末をして嫁に出すのが普通ではないか。倅《せがれ》や娘の祝言であっても、ない袖《そで》は振れない。身の丈にあったところで行う家がほとんどだった。

「おかしい」

訪ねてみて、やはり何かがちがうと感じた。家禄二百俵で、返済額が能見家よりも少なくても、つましく暮らしている札旦那を目にしてきた。

「禄米以外に、実入りがなければ無理だ」

という判断だ。このままでは、引き下がれない。

周囲を見回した弐吉は、近所の長屋門ではない屋敷から、三十歳前後の新造が出てくるのに目を留めた。近づいて、丁寧に頭を下げて問いかけた。

「能見家では、姫様の祝言が決まったそうで、おめでたいことでございます」

と、そこから始めた。

「いかにも、そういう話は聞いていています」

「奥方様もお喜びでございましょう。ご実家にも、伝えられているのでは」

妻女の実家に話を持っていった。大身ならば、資金援助を得られると思うからだ。

「御徒目付《おかちめつけ》組頭の家ですよ」

新造は答えた。御徒目付組頭は家禄二百俵で、能見家と同格だ。

「豊かなのでしょうか」

「さあ、そのような話は聞きませぬが」

ただそれでも新造は、妻女と嫁に行く娘が、小日向水道町《すいどうちょう》の呉服屋に入るのを見たと告げた。そこで屋号を聞いて、そちらへ行った。

「ええ、ご注文をいただいていますよ」

弐吉は手代に小銭を与えて訊いた。

「婚礼衣装です。御召し物をお誂《あつら》えになります」

それだけでも、六、七両にはなりそうだとか。さらに増えるかもしれない。嫁入りの費用は、他にもかかるだろう。

「まさか、他の高利貸あたりから借りているのか」

それだと返せなくなって、いつか直参《じきさん》としての株を売らなくてはならなくなる。あるいは他から、金子が入る手立てがあるのか。

旗本や御家人の株を売って、借金の支払いをすることはままある。札差《ふださし》としては、貸金が消滅するわけではないからかまわない。家名さえ残れば、株を買った者に貸金の返済を請求できる。

ただ金を貸した側としては、事情を摑《つか》んでおかなくてはならない。きちんとした取り立てをするためにだ。

どさくさまぎれに、ないものにされたり減額されたりしてはかなわない。

次に弐吉は、再び屋敷に戻って能見家の中間が出て来るのを待った。

「おや、これは」

しばらくして出て来たところで呼びかけた。顔見知りの者に偶然会ったという声のかけ方をした。

「笠倉屋の手代だな」

自家用の米を運んで来ているので、弐吉が何者か分かっていた。

「お屋敷では、近くおめでたいことがあるそうでございますね」

「まあな」

「姫様のお輿《こし》入れとか。さぞや物入りでございましょうね」

いきなり金子の話をしたので、怪しんだらしかった。

「先ほど、店から祝いの品を届けさせていただきました」

「おお。そうであったな」

そこで弐吉は、袂《たもと》に小銭を落としこんだ。

中間から、だいぶ疑う気配が消えた。

「町の金貸しから、高利の金子を借りてはいませんか」

思い切って言ってみた。腹を立てたら、平謝りに頭を下げるだけだ。

「そんなことはない。旦那《だんな》様が、どこかから持っておいでになる」

「どこでしょう」

「そんなこと、知るものか」

苛立《いらだ》ちの声になっていた。

「あいすみません」

一度謝って、下手に出た口調のまま問いかけを続けた。

「組頭の黒崎禧三郎様とは、お親しくしておいでのようで」

「役務のことは、知らねえさ」

そっけなかった。中間は、黒崎の名は知っていても詳しいことは分からない。それ以上尋ねるのは無駄だと悟った。

黒崎との関係は、屋敷からは窺《うかが》えなかった。ただ「どこかから」というのは、引っかかった。黒崎ではないだろう。

「どこかで、悪事でも働いているのか」

弐吉は呟《つぶや》いた。だとすれば、それは一体何かとなる。弐吉が気になるのは、それに黒崎が関わるかどうかという点だ。

黒崎は、自分の利益しか考えない身勝手な男という印象が大きい。それがなぜ、笠倉屋にまで足を運んできて、能見に力を貸したのか。

やはり得心がいかない。

二

笠倉屋へ戻った弐吉は、能見について分かったことを清蔵に伝えた。

「やはり何かあるな」

最後まで聞いた清蔵は、頷《うなず》きを返した。弐吉と同じ考えだ。

「ただ屋敷やその周りで聞けることには、限りがあります」

武家地では、問いかけをする相手に限りがあった。

「そうだな、お役目の関わりで訊けないか」

御納戸方は、将軍の手許《てもと》にある金銀や衣服、調度の出納を行う。また大名や旗本が献上した金銀、衣類や将軍が下賜する金銀衣類の一切を取り扱うのだと清蔵は説明してくれた。

能見は御納戸衆と呼ばれるその実務を行う一人で、黒崎は上司の組頭ということになる。その上に、御納戸方を束ねる御納戸頭なる役があった。

「やってみます」

札差は武家相手の稼業だから、まったく手も足も出ないというのではなさそうだった。

手っ取り早いのは、同じ御納戸方の侍から話を聞くことだ。評判や仕事ぶりなども聞けそうだが、笠倉屋には黒崎と能見の他には、御納戸方の札旦那はいなかった。

他の札差に頼らなくてはならないが、手代としてはそうそう店を空けるわけにはいかない。札旦那が、毎日のように店へやって来る。金の話だから、一人一人の対談が簡単に済むわけではなかった。

思い通り借りられず、激昂《げきこう》する者がいた。脅してくる者もいる。

金に困った直参は、札差を頼るしか手立てがなかった。町の高利貸を頼れば、いつか御家人株を売らなくてはならない破目に陥る。札差としては、それは避けさせたいところだ。ぎりぎりまで、相談に応じる。

切羽詰まってやって来た札旦那は、だから容易《たやす》くは引き下がらない。手ぶらで帰らせるにしても、それなりに仕方がないと思わせなくてはならなかった。

対談は問題なく貸せる相手ならばいいが、そうでなければ手間がかかり気も使う。相手は気位の高い侍だ。

手代たちは、同役の外出を嫌がる。相手にしなくてはならない札旦那が増えるからだ。

夕刻、ようやく客が途切れたところで、弐吉は隣の札差のところへ行った。気の合う手代に問いかけた。

「そちらの店には御納戸方の札旦那はいないかね」

「御納戸同心ならば、一人いるよ」

と告げられた。御納戸衆の下で雑務を行う役目だ。住まいを聞いて、饅頭《まんじゅう》を手土産に訪ねた。

「黒崎様と能見様については、名と顔を知っている程度で詳しいことは知らぬ」

と告げられた。組が違うので、役目の内容も異なるそうな。

「何か、評判は聞きませんか」

「そういえば、御用達《ごようたし》の商家については、厳しいと聞いたが」

侍は少し考えてから答えた。

「どのようにですか」

「納品の期日が一度でも遅れると、御用達を差し止めるとか」

期日に納品ができないのは、商人《あきんど》としては許されない。弐吉にしてみれば当然の話だ。

しかも公儀の御用となれば、そのあたりはことさら厳密になるだろう。期日だけでなく、数量や品質の違いでも同様のはずである。

御用達の代わりは、いくらでもいる。公儀の御用を承ることになれば、店の格が上がる。公儀の御用達になるのは競争相手も多く、並大抵ではないとは弐吉にも察せられた。

一度のしくじりでも切り捨てるのだから、商人としては万事に慎重に当たっているとことだろう。しかしこの日は、それだけで他の聞き込みはできなかった。

弐吉にしてみれば、黒崎についてもいろいろ訊《き》いてみたかった。黒崎は、父弐助を死なせた張本人だと考えている。

幼少の頃、弐吉は父弐助と母おたけの三人で、牛込御門《うしごめごもん》に近い市谷田町下二丁目《いちがやたまちしも》の裏長屋で過ごした。弐助は浅蜊《あさり》の振り売りをしていた。豊かでけなかったが、食べるのには困らなかった。浅蜊は濡《ぬ》れても困らない商いだったから、弐助は雨でも天秤棒《てんびんぼう》を荷《にな》って振り売りに出た。

その日弐助は、浄瑠璃坂《じょうるりざか》を下ったところで、坂の上から勢いづいて下りてきた荷車から老婆を救った。しかし放り出した浅蜊の一部が、近くにいた供侍を連れた旗本ふうの衣服にかかって激怒された。

殴る蹴《け》るの狼藉《ろうぜき》を受け、戸板で長屋まで運ばれてきた。おたけは必死で看護をしたが、弐助は四日目に亡くなった。

血と泥にまみれた顔と髪、ぼろ雑巾《ぞうきん》のようになった着物、元の姿が分からないほどに痛めつけられた姿が、今でも脳裏に焼き付いている。

定町廻《じょうまちまわ》り同心や土地の岡っ引きは、その主従の侍を捜したらしいが、名も住まいも分からなかった。顔を出したのは最初だけで、そのまま曖昧《あいまい》になった。本気で調べてはいないと感じた。

界隈《かいわい》ではいろいろと話題になったが、いつの間にか誰も口にしなくなった。けれども弐吉は忘れなかった。いや忘れられなかった。

いつか必ずおとっつぁんの仇《かたき》を取ってやると、決意をしたのである。それを毎日のように己に言い聞かせた。辛《つら》いこと悔しいことがあると、それを誰もいないところで言葉にして、励みにした。

弐助を亡くした母子は、食うために泣き寝入りの状態で浅草へ越した。そして無理をした母おたけは、弐吉が十歳のときに亡くなった。

弐助の仇討ちをしたいと考えてきた弐吉だが、奉公をしていると、侍がどこの誰か捜すこともできなかった。早朝から店を閉じるまで、あらゆる雑用を命じられた。夜には読み書き算盤《そろばん》の稽古《けいこ》が待っていた。

自分の用事で、外出などできなかった。それでも読み書き算盤の稽古は、進んでやった。商人の基となるものだと考えたからだ。

しかし手代になって、別の調べをしている中で、浄瑠璃坂に近い古着屋の女房が、狼藉の場を目撃していたことが分かった。名乗った弐吉に、女房は同情してくれた。そして覚えている詳細を話してくれた。

女房は弐助が暴力を振るわれた二、三か月後に、その旗本主従が尾張《おわり》藩上屋敷の裏手にある大身旗本屋敷から出てくるのを見かけたという。溝口監物《みぞぐちけんもつ》という五千石の大身旗本の屋敷である。

溝口家と黒崎家は、遠縁の間柄だと分かった。目撃した女房の話では、弐助に狼藉を働いた侍主従の歳は、黒崎と篠田のそれと重なった。

調べると、猟官のために黒崎は高価な鼠志野《ねずみしの》の茶碗《ちゃわん》を溝口に贈っていた。高額の品だった。

「おとっつぁんを死なせたのは、黒崎か」

と弐吉は考えたが、それではあまりにも短絡な発想だと思われた。

そこで女房に、黒崎主従の顔を見てもらうことにした。とはいえ、いつ黒崎が笠倉屋へ姿を現すのか分からない。女房も用事があるし、弐吉も自分のことで店を空見張っても顔を見ることができなかった。また黒崎が出仕の折には駕籠《かご》を使うので、門前で見張っても顔を見ることができなかった。

　できるだけ早く面通しをさせたいと願っていたが、その機会は得られないまま今となっていた。

　また女房の証言があって黒崎が狼藉を働いたことが明らかになっても、それだけでは訴えられない。相手が旗本では、『女房の世迷言《よまいごと》』で終わってしまう。無礼討ちだったとされても、対応のしようがない。

　とはいえそれで、泣き寝入りをするつもりはなかった。

「どんな形でも、必ず仇を取ってやる」

　弐助の無念を晴らしたいという気持ちは、何があっても消えない。侍は町の者を、虫けらくらいにしか考えていない。憎むべき相手で、復讐《ふくしゅう》をしてやりたいという思いがずっと胸の内に根を張っていた。

　だから黒崎については、狼藉をした侍かどうか確かめるだけでなく、調べられることは何でも調べたいという気持ちがあった。

　思うように動けないのが歯痒《はがゆ》い。

　もし本当に父の仇が黒崎なら、どうにかして追い詰める手立てはないか。たかだか札差《ふださし》の手代ではあるが、家禄《かろく》四百俵の旗本に怯《ひる》む気持ちはなかった。

弐吉が笠倉屋の前まで戻って来たのは、暮れ六つ（午後六時頃）の鐘が鳴ってしばらく経ってからになった。

「おい」

と声をかけられた。誰かと見ると冬太だった。弐吉を待っていたらしい。

「貞太郎について、面白い話がある。聞きたいか」

冬太はもったいをつけるような言い方をした。

「何でしょう」

「あいつまた、とんでもないことをしでかしているかもしれねえ」

嘲笑《ちょうしょう》が、口元に浮かんでいる。ここでお澄について聞かされた。腹に子がいるのではないかという話だ。

「本当ですか」

さすがに弐吉は仰天した。男児ならば、笠倉屋の跡取りにもなれる。吉原通いとはわけが違う話だ。

「確かめちゃいねえが、そうらしいという話だ」

状況を聞いた。

「厄介な話ですね」

まず考えたのは、事態を知ったときのお狛とお徳の反応だ。貞太郎にはめっぽう甘いが、話がこうなるとただでは済まない気がした。

お狛とお徳にしたら、貞太郎の嫁はしかるべき商家から迎えようとするのではないかと推察できるからだ。常磐津《ときわず》の師匠が悪いとは思えないが、お狛やお徳はそうは考えないだろう。

「様子を見ていろ。面白いことに、なるかもしれねえぜ」

冬太はにやりと笑った。そしてもう少し調べてみると言い残して、行ってしまった。

店に入ると、貞太郎の姿はなかった。小僧に訊くと、出かけた先は吉原ではなさそうだった。

清蔵には黒崎らの話は伝えたが、貞太郎について耳にしたことは話せなかった。はっきりしたことではない。

台所へ行くと、奉公人たちが食事をしていた。前は遅くなると飯や汁を空にされたことがあるが、今はない。小僧や手代たちは、貼り紙値段のことがあってから、弐吉には一目置くようになった。

今となっては、露骨に冷ややかな目を向けてくるのは貞太郎と猪作だけになった。食事が最後になった弐吉は、お文に、貞太郎に関して冬太から聞いた内容を伝えた。仲働きの女中であるお文は清蔵とは縁筋で、他の女中を指図する役割を担っていた。晩飯を食べ損なったときに、握り飯を出してくれた。小さな心遣いをしてもらって、ありがたかった。

いつの間にか、身の回りに起こった気になる出来事について話をし、意見を聞くようになった。

お文はお狛から、縁談を薦められている。弐吉は気になっているが、それについては尋ねられない。

「お澄さんという方のお腹に、本当に赤子がいたら、貞太郎さんはどうするのでしょうか」

お文はまずそれを口にした。

「…………」

弐吉には、答えられない。身勝手で目先のことしか見えない男だが、情に脆《もろ》いところもあった。

「貞太郎さんは、気に入った女子《おなご》には優しいのかもしれません。でも」

お文は言葉を呑《の》んだ。お狛とお徳のことが、頭に浮かんだのかもしれなかった。己の思いを強引に押してくる母と祖母に、貞太郎は逆らえない。

はっきりするまでは、二人だけの話にすることにした。その夜、貞太郎は酔っぱらって帰ってきた。

三

翌朝弐吉は、店を開ける前に近くの札差の顔見知りの手代を呼び出した。商家の朝は早い。明るくなる頃には、店を開ける支度はできていた。朝飯も食べ終えている。

「ちょいと教えてもらいたい」

出入りをしている札旦那《ふだだんな》の中にいる、御小納戸方の名と屋敷の場所を聞き出した。二つの御家の名が挙げられた。

店を開けてまだ札旦那が来ないうちに、弐吉は清蔵から呼ばれた。

「札差仲間の肝煎《きもい》りのところへ行ってこの書状を渡し、返事を貰《もら》っておいで」

と命じられた。抜け出しやすいようにしてくれたのである。清蔵の配慮だった。

返事を貰う用だから、すぐには帰れない。

肝煎りの店へ行った弐吉は手早く書状を渡し、そのまま朝の内に聞いた御小納戸衆の屋敷へ向かった。肝煎りからの返事は後で受け取る。

家禄二百俵はぎりぎりの旗本とはいえ、御目見となる。当主は非番で屋敷にいたが、初めの御家では会ってもらえなかった。

「札差の手代ごときが、何をしに来た」

中間《ちゅうげん》に胸ぐらを摑《つか》まれて、道に突き飛ばされた。歯向かうわけにはいかないから、されるがままだ。そうなると、どうすることもできない。

そこで聞いていたもう一つの屋敷へ行った。ここでは出入りの札差の名を出した。門番は不服そうな顔をしたが、取り次いでくれた。

当主は出仕していたが、十七、八歳の若殿が会ってくれた。札差笠倉屋の手代だと名乗り、札旦那の御納戸衆の能見について尋ねたいと告げた。

「訊《き》きたいことがあるならば、直《じか》に訊けばよいではないか」

「いいえ、お姫様の祝言があるとか。御祝をしたいこともあり、直には訊きにくいのでございます」

と言って頭を下げた。

「能見様の名は耳にしているが、それ以外のことは分からぬ」

若殿は答えた。ここの当主は、黒崎の組の者ではなかった。

「能見様は、黒崎様のご信頼が厚いと伺いましたが」

と言ってみた。すぐには引き下がらない。聞き出せることがあるならば、何でも聞いておく腹だった。

「それもよくは分からぬ。黒崎様について知っているのは、中西派一刀流《なかにしはいっとうりゅう》の名手だということくらいだ」

能見の剣術の腕については、噂にも聞かないとか。

「さようでございますか」

そういえば、黒崎がどこかの名の知れた道場の高弟だというのは聞いたことがあった。中西派一刀流の道場は下谷練塀小路《したやねりべいこうじ》にあると知らされた。

弐吉は早速、下谷へ足を向けた。

真っすぐな道に、武家屋敷が並んでいる。人に尋ねなくても、掛け声や竹刀のぶつかり合う音が聞こえてきて、中西道場はすぐに分かった。

「見事な道場だな」

弐吉は破風造りの建物を見上げて呟《つぶや》いた。間口は六間（約十一メートル）で、奥行きは十二間ほどあると思われた。天井も高い。

江戸には多数の町道場があるが、ここは指折りの剣術道場なのだと門前に立っただけで分かった。

道場内で発せられる気合いの声やぶつかり合う竹刀の音が、体に響いてくる。怯《ひる》みそうになる気持ちを奮い立たせて、稽古《けいこ》を終えて出てくる門弟を待った。

するとしばらくして、十五、六歳の門弟が出て来た。

「黒崎様の名は耳にしているが、それ以上のことは知らぬ」

高弟だというのは、確からしかった。

「なかなかのお腕前とか」

「そうらしいな」

「御用人の篠田様もお稽古に来られているとか」

「ああ、おいでになっている。確かあの方も免許皆伝の腕前だったと思うが」

それだけ答えると、行ってしまった。

次に出て来たのは中年で、それなりの身分らしかった。声をかけたが、「無礼者」とやられて終わりだった。

三人目には、三十歳前後の身分は高くなさそうな侍が出て来た。

「畏《おそ》れ入りまする」

そう告げて頭を下げ、立ち止まったところで、相手の袖《そで》に小銭を落としこんだ。ご大身ふうだと、小銭を渡すことは憚《はばか》られた。かえって腹を立てるだろう。

目の前の門弟は、弐吉を見つめ返した。何事だ、といった顔だ。それで黒崎についての問いかけをした。

「黒崎様は、よく稽古においでになるのでございましょうか」

もし決まった日や刻限があるならば、古着屋の女房に、ここで面通しをしてもらえると期待した。これまで、考えもしなかった。

「近頃は、めったにお見えにならぬな」

忘れた頃にやって来るとか。篠田の方が、稽古にやって来る回数は多いと話した。とはいってもいつも決まった日ではない。

「近頃では、いつお見えで」

「わしが顔を見たのは、四日前であったな」

それでは話にならないので、がっかりした。これから来る日が分からなければ、面通しはできない。

「黒崎様について、ご存じなことがあれば、お話しくださいまし」

商いのためと言い添えて、さらに小銭を袂《たもと》に落とし込んだ。

「そうさな。近頃は茶の湯について関心がおありのようだ」

茶碗《ちゃわん》や茶入れの話を、茶の湯好きの高弟と話しているのを耳にしたとか。

「ほう。さようで」

驚いて見せたが、それは遠縁の大身旗本溝口監物に贈るためだと分かっていた。

五千石の溝口は、御留守居役を務めている。

留守居役は、もともとは将軍不在の折の城の守りの責任者だった。したがって城門の守りから大奥の総務と取締り、城内の武器や武具、出女の監視までその職掌は広かった。旗本でも万石級の大名の格で、老中や若年寄であっても無視できない立場の役目だった。

したがって幕閣には顔が利く。溝口に気に入られることは、出世に繋《つな》がると黒崎は考えて親しくしているのだと見ていた。

猟官に精を出している黒崎は、前に鼠志野の高価な茶碗を贈っている。先々月には、茶入れを贈る企《たくら》みをしていた。その費用の捻出《ねんしゅつ》のため、篠田が貼り紙値段を使って貞太郎を騙《だま》そうとしたのだった。

これはしくじって、贈れないままになった。

黒崎が近頃しきりに溝口家に出入りしているのは分かっている。十年ほど前にも、黒崎は監物の実弟と親しくしていたが、それが亡くなって行き来が途絶えた。

十年前、弐助が浄瑠璃坂下で狼藉《ろうぜき》を受けたのは、黒崎が溝口家を訪ねた帰りだったのだろうと、弐吉は踏んでいた。

しばらく足が遠のいていたが、このところまたしきりに近づこうとしているのは、溝口に猟官の手がかりとして目をつけたからだと察していた。

「では、篠田様についてお気づきになったことは」

「さあ。その御仁については、なかなかの碁好きだと聞いたことがあるがそれ以上は知らぬ」

「碁がお強いのですね」

これは初めて知った。

「では道場の方ともお打ちになりますね」

「そういえば、今稽古をしている桑江《くわえ》という者と打ったという話を聞いたぞ」

桑江の年恰好《としかっこう》を聞き、出てくるのを待った。

「酒好きだから、その辺の煮売り酒屋で五合も飲ませてやれば、何か話すのではないか」

と告げられた。無役の者だから、付き合うだろうと付け足した。

神田川河岸の佐久間町《さくまちょう》へ行けば、それらしい店があるのは知っていた。

四

弐吉は、道場の門前で桑江なる直参《じきさん》が出てくるのを待った。

まだ正午前だが、煮売り酒屋ならば酒を飲ませる。小僧のときは銭がなくて何もできなかったが、手代になって給金を得られるようになった。他に使い道があるわけではないから、その程度の出費は惜しいとは思わなかった。

四半刻《しはんとき》ほどして、聞いていた年恰好の侍が出て来た。

商売柄、侍の身なりを見ればおおよその家禄《かろく》の予想がつく。直参ならば無役で、家禄は五、六十俵程度と踏んだ。

「桑江様でございましょうか」

近寄って頭を下げた。

「そうだが」

胡散臭《うさんくさ》そうな目を向けた。「無礼者」とは言われなかった。

「旗本黒崎家の御用人篠田様とは、よく碁をお打ちになるとか」

碁、という言葉で、表情が微妙に柔らかくなった。弐吉は札差《ふださし》の手代だと伝えた上で、篠田について話を聞きたいと改めて頭を下げた。

「ついては、そこの煮売り酒屋でいかがでございましょう」

「煮売り酒屋でか」

生唾《なまつば》を呑《の》み込んだ。これで疑う気配が消えた。聞いていた通り、酒好きらしい。

目についた煮売り酒屋に入って、五合の酒と煮しめを買った。並んで縁台に腰を下ろした。

まずは買い入れた酒を、茶碗になみなみと注いでやる。

「うむ」

侍は喉《のど》を鳴らして、最初の一杯を飲み干した。

「稽古《けいこ》の後の一杯は、なかなかにうまい」

と漏らした。すかさず注ぎ足してやる。初めは碁の話を聞いた。

それから篠田の人となりを聞いた。

「あの者は陪臣だが、野心がある」

囲碁も、守りよりも勝ってやろうという気持ちが強いと続けた。

「どのようなことでございましょう」

「主《あるじ》の役を上げることで、己の立場を上げようという腹であろう」

陪臣ながらという意味だ。家禄四百俵の家臣では、この先どうにもならない。主を出世させて、己も禄を上げる腹だという話だった。

「なるほど」

「黒崎様にしたら、忠臣であろう」

「さようですね」

そうには違いないが、先々月には貞太郎を騙して、猟官の資金を得ようとした。それをしくじって、溝口に贈ろうとした茶入れをあきらめた。無念に思っているのは間違いない。捲土重来《けんどちょうらい》を期していることか。

「近頃も、篠田様とお打ちになったので」

「うむ。四日前にやって来て、稽古の後で一局やった」

それは自分が勝ったぞと告げた。碁の勝敗などどうでもいいが、その気持ちは顔に出さない。

「そのとき何か、お話しになりませんでしたか」

「碁盤を手に入れたと申しておったな。嬉《うれ》しそうだった」

　八月に入ってすぐのことだという。

「ご自身で、お求めになったのでしょうか」

　碁盤の値がどれほどのものかは知らないが、満足したのならば、それなりの品だったのだろう。そのような金子《きんす》が、篠田にあるとは思えない。

「そうではない。商人《あきんど》から申し受けたと話していた」

「また、それはどうして」

「わしはな、袖《そで》の下ではないかと申したのだが」

　酒を呷《あお》った。無役の者としては、嫉《そね》む気持ちがあるのかもしれなかった。そのまま続けた。

「古いものだから、そうはならないと言い返されたが」

「さようで」

「しかしな。それなりのものならば、古くても高いぞ」

「商人といっても、どのような関わりで」

「それも、わしは訊《き》いたのだ」

「話さなかったのですね」

　言えば、都合が悪いからに他ならない。

「まあ、そうだ。ただな、碁盤を買い入れた店は話した」

「どちらで」

「古道具屋だ。浅草福井町《ふくいちょう》のな」

「よいものを置いているので」

弐吉は知らない店だ。

「いや、それほどの店ではない」

どこかほっとした口調だ。吉備津屋《きびつ》というそうな。五合の酒はまだ残っている。

それを置いて、弐吉は煮売り酒屋を出た。

それから弐吉は、浅草福井町の吉備津屋へ足を向けた。浅草橋に近い町地だ。確かにたいした店ではなかった。置かれている店の品に目をやると、どれもがらくたのようなものばかりだった。

一応店に入って、初老の主人に尋ねた。

「こちらで今月になって、碁盤を買った方がいると聞きましたが」

「ああ。お求めいただきましたよ」

買っていったのは、五十になるかならないかの歳の大店《おおだな》の番頭ふうと、三十代半ばの主持《しゅうも》ちの侍だったとか。

「よい品だったのでしょうか」

「ええ。古いですがね、榧《かや》でできた上物です」

「失礼ですが、いかほどで」

「お安くして、一両でした」

「それはずいぶん」

弐吉には碁盤の価値など分からないが、高いと思った。支払ったのは番頭ふうだったが、持ち帰ったのは侍の方だった。

話を聞いた弐吉には違和感があった。

篠田は陪臣だ。一両も出すのは、よほどの何かがなくてはならない。番頭は黒崎と関わりがあるから、篠田に買い与えたのだとしても、どこかの居酒屋で酒を飲ませるよりもはるかに高額だ。

「商人が金を出すのには、必ず理由がある」

と弐吉は学んでいる。

「その番頭ふうの方とは、どなたで」

「さあ。名乗ったわけではないのでね」

「呼びかけたりはしませんでしたか」

「そういえば、お侍は篠田とか呼ばれていたっけ」

少し首を捻《ひね》ってから口にした。知りたいのは、番頭ふうの方だ。

主人はしばらく考え込んでいたが、ようやく口を開いた。

「ええと。屋号は玉置《たまき》屋で、名は仙之助《せんのすけ》でしたかね」

まだ日が経っていないので、思い出すことができたようだ。とけいえ場所や何を商っているかはわからなかった。

それだけでは、雲を摑《つか》むような話だった。

五

古道具屋を出た弐吉は、札差《ふださし》仲間の肝煎《きもい》りの店へ行って、文の返事を受け取って笠倉屋へ戻った。いつものように、何人かの札旦那《ふだだんな》が対談を待っている。

猪作は留守にしていた弐吉を、疎まし気な目で見た。

弐吉はそれを無視して帳場の奥へ行き、清蔵に返書を渡すとともに、聞き込んだ詳細を伝えた。能見に関する手掛かりは何もなかったが、黒崎の方に、異変がある気配だった。

話を聞いた清蔵は、玉置屋については初耳だとしてから感想を口にした。

「黒崎様と玉置屋の間に、何かがあると考えるべきだな」

「用人の篠田様に一両の碁盤ならば、黒崎様にはもっと何かをしていそうですね」

「そうだな。貼り紙値段の件では、手に入るはずの金子が入らなくなったわけだからな」

清蔵は、渋い顔になって言った。気になるのは能見だが、黒崎まで、おかしな気配を帯びてきた。

それが能見に肩入れする理由になるのか。まだ見当もつかないが、その虞《おそれ》は大いにあった。

「問題は玉置屋ですが、これを探すのは至難の業と思われます」

弐吉は戻ってくる道すがら考えたが、探す手立ては浮かばなかった。江戸市中に、玉置屋という屋号の店がどれほどあるのだろうか。

するとと清蔵が返してきた。

「黒崎様のなさっている御納戸組の仕事は、商人と関わることが多い」

「公儀からの下賜の品を扱うからですね」

将軍家が大名や旗本などに下賜する品は、御納戸方が御用達《ごようたし》の商家から買い入れている。

「そうだ。当たれるか」

「やってみます」

当てがないわけではないと知らされた。

御納戸衆の家で、まともな応対をしてくれた若殿がいた。もう一度そこを訪ねてみると、弐吉は清蔵に伝えた。

「ならばそこへ行って、話を聞いてこい」

晒三反《さらし》を持たせてくれた。中西道場の門弟に飲ませた酒の代もくれたのはありがたかった。弐吉は、清蔵の新たな用の使いとして店を出た。

向かったのは、御納戸衆の若殿が相手をしてくれた屋敷だった。

「おや。また来たのか」

若殿は言った。晒三反を差し出して、改めて尋ねた。

「御納戸方に出入りする商人で、玉置屋という屋号の者はありましょうか」

若殿に訊いても分からないかもしれないが、他に尋ねる相手はいない。

「しばし待つがよい。父上に訊いてみよう」

奥へ引っ込んだ。知らないと突っぱねることもできたはずだが、そうはしなかった。主人は下城をしているらしかった。

「日本橋通《にほんばしとおり》二丁目の呉服屋があるそうだ」

聞いてきてくれた。それかどうかは断定できないが、御用達の店だという。下賜に用いる白絹を納めている御用達だ。

弐吉は日本橋通二丁目に足を向けた。

日本橋から京橋へ向かって、幅広な道が真っすぐに延びている。東海道《とうかいどう》の出発点ともなる道だ。

日本橋の南袂《たもと》から、通町は一丁目から四丁目まであった。呉服の白木屋《しろきや》、紅や白粉の柳《やなぎ》屋、葉茶の山本《やまもと》屋といった名の知られた大店老舗《しにせ》が並んでいる。

町人や侍、僧侶《そうりょ》などがひっきりなしに行き過ぎた。辻駕籠《つじかご》や人や牛が引く荷車も、次から次へとやって来た。

道端には、甘酒や麦湯を飲ませる露店が出ていた。

玉置屋は、その中では取り立てて目立つ大店ではなかった。しかし店のたたずまいには、老舗らしい風格があった。

近所の店の手代に訊《き》くと、玉置屋は九代続いた店だという。大名や旗本家ではない、将軍家諸役の御用達だ。他とは格が違った。

「その玉置屋さんですが、番頭さんの名は仙之助さんといいませんか」

「そうですよ」

あっさり返されて、腹の奥が熱くなった。

店を覗《のぞ》くと、奥の帳場にそれらしい羽織姿の男がいて、店先にいた小僧に確かめた。

「ええ、番頭さんです」

五十になろうかという歳だ。聞いていたことと重なった。手代に何か指図する姿が、いかにもやり手といった印象だった。

ついでに主人喜佐右衛門《きさえもん》の顔も確かめた。四十一歳で、こちらはでっぷりとしていて、したたかな狸といった面相だった。

近所で喜佐右衛門と仙之助の評判を聞いた。

「旦那さんも番頭さんも、商い熱心です。公儀の御用達ですからね、順風満帆ではないですか」

と言う者が多かった。仙之助の女房は喜佐右衛門の従姉《いとこ》で、近くの本材木町《ほんざいもくちょう》二丁目のしもた屋で夫婦二人で暮らしている。店へは通いという話だ。

ただ同業の呉服屋の手代に訊くと、少し様子が違った。

「何代も前からの顧客がいるが、少しずつ離れているという話も聞くけど」

「まずいところでもあるのですか」

「さあ。ただ公儀御用達の看板がある。何があっても、すぐには傾かないんじゃないかね」

主人も番頭も、立て直そうとしている。代々の顧客もあった。

「では、御用達の看板がなくなったらどうですか」

「そりゃあ厳しいんじゃないか。それがあるから、取引を続けているところは、多いだろうから」

商売敵らしい冷ややかさが、物言いの中にあった。あくまでも噂だ。とはいえ火のないところに煙は立たない。前に聞いた順風満帆は、鵜呑《うの》みにはできなかった。

何であれ、玉置屋は黒崎と商いに関して繋《つな》がりがある。それだけは間違いなかった。

六

この日も冬太は、城野原の町廻《まちまわ》りについて歩いた。繁華な町を歩いていれば、いつもどこかで何かが起こっていた。

「二両と五匁銀一枚が入った財布を落としました」

商家の主人ふうが、蒼《あお》ざめた顔で訴えてきた。

「どこで落としたのか、見当はつかぬのか」

「それがどこでだか」

「歩いた場所を、もう一度捜せ」

城野原は苛立《いらだ》たし気に怒鳴りつけた。不注意で落とした金子《きんす》の尻拭《しりぬぐ》いなど、できるものかといった表情だ。

冬太は食い逃げの無宿者を捕らえ、商家の娘に絡む破落戸《ごろつき》を追い払った。

城野原は定町廻り同心として町の者の悶着《もんちゃく》の処理などには関わるが、細かいことには手を出さない。二十一歳で親からの引き継ぎで定町廻り同心になったと聞いている。それから二十年が経ち、もはや正義感だけで動くことはなくなった。面倒なことは嫌がるが、一方、袖《そで》の下を取って物事を曲げるようなこともしなかった。

細かなことは、冬太が任された。見聞きしたことはすべて伝え、指図を得ていた。

夕刻前に町廻りが済んだ後、一人になった冬太は、永久島北新堀町へ足を向けた。『常磐津《ときわず》指南』の看板がかかるしもた屋の前に立った。

お澄の住まいは、新堀川河岸に建っている。日本橋川から大川《おおかわ》に抜ける荷船が、艪《ろ》の音を立てながら行き過ぎた。永代橋《えいたい》へ出る道筋でもあるので、明るいうちはそれなりの人通りがあった。

昨日、貞太郎をつけて、お澄の存在を知った。貞太郎には貼り紙値段の件もあって腹が立っていたし、この後どうするのかという関心もあった。

家の中から、稽古《けいこ》をする三味線と男の声が聞こえた。うまいとはいえない。時折、音が外れた。

一軒置いた並びの小間物屋の女房が店先にいたので、冬太は問いかけをした。

「あそこの常磐津指南は、繁盛しているのかね」

「お澄さんの器量目当てに通ってくるご隠居や若旦那《わかだんな》がいますけど、そういう人は長続きしないみたいですよ」

腰に差した房のない十手に目をやってから、中年の女房は答えた。

「なぜだね」

「そういう人は、自分になびくと思うからですよ」

「なるほど。お澄は、なびかないわけだな」

「まあ。実際のところは知りませんけど」

今は、習いに来る者も、それほどは多くない。多い少ないには波があるらしかった。

「後家だと聞いたが、いい人がいるのか」

「いるっていう噂もありましたが、何しろ人の出入りはそれなりにありますから」

「しかし出入りが多い者もいるだろう」

「それはあるようですが」

目についた者について訊くと、歳や身なりからしてそれは貞太郎らしかった。小間物屋の女房は、妊娠には気付いていない様子だった。

ただ器量の良さを売りものにした男出入りの多い稼業には、好感を持っていないらしい。

「元は囲われ者だったっていうからね、素性は知れたもんじゃありませんよ」

と言い足した。

さらにもう一軒、青物屋の女房に問いかけた。前と同じような話を聞いてから、昨日も話を聞いた湯屋の女房を再び訪ねた。

「おや、親分さん」

番台にいた女房は、冬太の顔を見ると頭を下げた。そろそろ仕事を終えた者がやって来る。これから混み始める頃合いだ。

「あの人、やっぱりお腹に赤子がいました」

顔を近づけ、小声で言った。お澄のことだ。

「聞いたのか」

「そうじゃないですが、あの人、うちの湯に入りに来るんです。それで昨日、湯に入る姿をじっくり見たんですけど」

「大きかったわけだな」

「そうです」

隠すようにしていたが、疑う目で見ていたので分かった。明らかにこれまでと違っていた。女房も、子どもを産んでいる。

「それで思い切って訊《き》いたんです」

「頷《うなず》いたわけだな」

「はい。五か月くらいだって」

「相手について、何か言ったか」

「尋ねたんですけど、言いませんでした」

「男は腹に子ができたことを、知っているのだな」

「話したそうです」

昨日冬太が家の前で見た場面が、話をした後らしい。

「喜んでは、貰《もら》えなかったわけだな」

女房は、残念そうに頷いた。

「それでどうするのか」

「迷っているようです」

「産むかどうかをだな」

中条《ちゅうじょう》流《りゅう》という言葉が、頭に浮かんだ。それと同時に、貞太郎は親身な対応をしていないと気が付いた。

「ふざけやがって」

という気持ちが湧き上がった。女を孕《はら》ませておいて、不安にさせている。

「おれは、腹の子の父親に心当たりがある」

冬太は告げた。湯屋の女房に、お澄の役に立てることがあるならば手を貸したい気持ちがある旨を伝えた。

「一緒に、行ってくれねえか」

笠倉屋の貞太郎という者ではないかと伝えると、女房は頷いた。話を聞いて、そのままにはしておけない気持ちだった。二人で出向いた。

常磐津の稽古は、すでに終わっていた。女房が声をかけた。お澄は冬太が現れたことに驚いたらしかったが、湯屋の女房が伝えた。

「この方は、笠倉屋に親しい人がいるというんで」

笠倉屋と聞いて、お澄は息を呑《の》んだ。冬太が続けた。

「あんたの相手は、笠倉屋の貞太郎だな」

「…………」

「おれの旦那は、あのあたりで町廻《まちまわ》りをしているんだ。力になれることがあるなら、なるつもりなんだぜ」

いつもより穏やかな口ぶりにした。口にしたことに、嘘はなかった。

腰に十手も差している。傍には湯屋の女房もいたからか、お澄はいく分、気持ちが治まったらしかった。

冬太と女房は、上がり框《がまち》に腰を下ろした。まず貞太郎とのなれそめを聞いた。

「初めはあの人、うちに稽古に来ていたんです」

「札差《ふださし》の跡取りだと話したのだな」

「はい。いろいろ助けてくれて」

女所帯では、男手があれば助かることは少なくない。

「優しくもしたわけだな」

それでほだされたらしい。

「女には、まめな野郎だ」

と思ったが、口には出さなかった。

「腹に子ができたことを伝えて、何か言ったか」

「いいえ、すぐには何も。ただ困ったような顔をして」

お澄は戸惑う様子を見せてから答えた。

「堕《お》ろせとは言わなかったのか」

「言いませんでした。でも」

言葉を続けるのを躊躇《ためら》った。目に涙が浮かんだ。肩を落としている。

「私の子かって」

「疑ったわけだな」

「他の人なんて、ぜったいないのに」

何よりも、それを言われたのが衝撃だったようだ。目に涙の膜ができた。

「そのことは、言ったのか」

「言いました。そしたら、考えるって」

「何を考えるというんだ」

きつい言い方になったのが、自分でも分かった。もちろんお澄に向けたものではないが、気持ちを抑えられなかったことは恥じた。

冬太は幼い頃、母と共に父親に捨てられた。母親は苦労して育ててくれたのである。父親を、憎んでいた。

弐吉は可愛がってくれた父親を殺されたと聞いている。父を失った事実は同じだが、父に対する気持ちは、まったく違った。

弐吉を羨《うらや》ましいと思うとともに、命を奪った者を憎む気持ちも理解できた。

「よし。おれが笠倉屋に話をつけてやろう」

覚悟も意気地もない貞太郎は、もたもたしているだけだろう。

「いえ。待ってください」

「どうした」

「あの人、考えるって言ったんですから」

お澄にしてみれば、貞太郎を信じたいのかもしれない。

「無駄だ」

という言葉を呑み込んだ。こちらの気持ちだけで動くのは、かえって無礼だろう。どうなろうと、お澄が自分で納得しなければいけない。昂《たかぶ》った胸の内を抑えた。

それで冬太はお澄の家から引き上げたが、弐吉の耳には入れておこうと思った。笠倉屋にとっては、捨て置けない話だろう。

七

弐吉は日本橋通二丁目で玉置屋について聞き込みをした後、麴町《こうじまち》の黒崎屋敷へ足を向けた。黒崎が玉置屋と繫《つな》がりがあるとしても、具体的なことは何も分からないままだ。

碁盤を与えたにしても、はっきりしたことは何も分からない。

黒崎や篠田に直《じか》には訊《き》けないが、屋敷には顔見知りの若党や中間《ちゅうげん》がいた。それとなく、話を聞いてみようと思ったのである。

門前で、誰かが出てくるのを待った。前に中間と話をしたが、今度も偶然出会った形にしたい。

しばらく様子を見ていると若党が出て来た。弐吉は前に出て行く。

「おや、ご無沙汰《ぶさた》をいたしまして」

立ち止まり、驚いたような顔にして頭を下げた。

「その方は、笠倉屋の手代だな」

若党は弐吉を覚えていた。一年限りの渡り者だが、話をしたことはあった。

「今日はどちらへ」

愛想笑いは忘れない。

「神田通新石町《しんこくちょう》へ参る」

「ならば同じ方向で。お供をさせてくださいまし」

弐吉は若党の袖《そで》に、小銭を落としこんだ。

「そうか」

機嫌は悪くなかった。

「近頃は、お忙しいので」

「まあな。人使いは荒いぞ」

譜代の家臣ではないので、不満があれば気軽に口にする。主家への思いは薄いと察した。少しの間愚痴めいた話を聞いてから、問いかけをした。

「日本橋通二丁目の玉置屋をご存じでしょうか」

「うむ。呉服屋だな。何度か、書状を運んだことがあるぞ」

「前からですか」

「そうだ。おれが奉公をする、ずっと前からだな」

「お役目のことでございますか」

「さあ、分からぬ」

関心はないらしかった。ただ、もしお役目のことならば、御納戸同心を使うと考えた。私的な用事なのは明らかだった。

「能見様をご存じですか」

「組の方だな」

「うちの札旦那です」

「なるほど。そういえば屋敷でも、たまに見かけるな」

「他の組の方は」

「めったに来ぬ。お役所で話すのではないか」

能見が屋敷を訪れるのは、公の用事ではないことになる。あるいは、他人に聞かせられない話か。訪ねてきた用件については、知る機会はなかったようだ。

若党から聞き出せるのは、これくらいだった。

「神田通新石町へは、面倒な御用で」

ついでの気持ちで問いかけた。

「葉煙草屋へ参る」

「黒崎様がお吸いになるので」

煙草を吸う姿は、見たことがなかった。

「いや。進物にするのだ」

「なるほど。どこかの御旗本のところですね」

「そうではない。殿様は明日、中西道場へ参られる」

煙草は道場の師範への進物だとか。

「稽古《けいこ》へ行くのに、進物ですか」

「道場内で、中西派一門の稽古試合があるのだそうな。高弟として、ご覧をなされる」

「さようで」

昨日は道場へ行ったが、その話を聞かなかった。

「急に決まったのだ。だからおれが、使いに行かされている」

これはよいことを聞いた。現れる刻限がはっきりしたら、浄瑠璃坂下の古着屋の女房に面通しを頼むことができる。ただ若党は、出向く刻限までは分からなかった。

「ではここで」

弐吉は若党と別れると、下谷練塀小路の中西道場へ向かった。

建物から、稽古の音が響いてくる。気合いの入った稽古ぶりだ。道場門前で、稽古を済ませて出て来た門弟に問いかけた。十六、七歳くらいの者だ。

「明日、御一門の稽古試合があるというのはまことでしょうか」

「いかにもあるぞ」

門下の道場からも、腕利きが集まるのだとか。

「いつから始まるのでしょうか」

「昼四つからだ」

とはいっても、試合の様子を町の者が見ることはできない。そこで道場へやってきたところで、黒崎の顔を見させることにする。

高弟たちは、試合が始まる四半刻《しはんとき》前くらいに顔を見せるのだと聞いた。

それから弐吉は、浄瑠璃坂下の古着屋の女房を訪ねるべく神田川河岸を走った。

「どうしたんだい。大汗かいて」

古着屋の女房は、弐吉を覚えていた。

「おとっつぁんに狼藉《ろうぜき》を働いたお侍の顔を、確かめてください」

気持ちの昂りを抑えながら、弐吉は頭を下げた。

「えっ、捜したんだね。よくも、まあ」

驚きと感心の顔になった。

弐吉は、日時と場所などを伝えた。面通しをすることで迷惑をかけることはしないと、まずは断った。その上で、出向くことを頼んだ。

いざとなったら、渋られるかもしれない。

「確かめるだけでいいんだね」

女房は念を押した。

「そうです。確かめてもらったら、終わりです」

「ならばやってみようかね」

十年前に見た顔だから、分からないかもしれない。それでもかまわないと伝えた。

他に確かめる手立てはなかった。

「いよいよ、おとっつぁんに狼藉を働いた侍が分かる」

胸の内で呟《つぶや》くと、ぶるっと体が震えた。

第二章　仇《かたき》の面通し

一

夕暮れに近い。草叢《くさむら》から鈴虫や松虫、邯鄲《かんたん》といった虫の音が聞こえ始める。ここのところ、日が落ちるのがめっきり早くなった。

蔵前橋通りには、仕事を終えた職人や行商人などの家路を急ぐ者の姿が少なからずあった。売り残した品を抱えた青物や浅蜊《あさり》の振り売りが、呼び声を上げている。

弐吉は、笠倉屋の近くまで戻ってきた。

黒崎や玉置屋について分かったことは、清蔵に伝えなくてはならない。何かを企《たくら》んでいるのは間違いなかった。

また明日の中西道場での一門の稽古試合についても、わけを言って、その刻限に出られるように頼むつもりだった。

「おい」

店の数間前まで行ったところで声をかけられた。冬太だった。用があるから待っていたのだと分かる。

常磐津《ときわず》師匠お澄の赤子の件だと察した。気にはなっていた。

「どうでしたか」

「やはり腹の子の父親は、貞太郎のようだ」

五か月ほどだと伝えられた。他にも、冬太が湯屋の女房などから耳にした内容の全てを聞いた。

「貞太郎は、煮え切らない返答をしたわけですね」

何よりもそこが引っかかった。

「そういうことだ。優し気に接したらしいが、性根はぐらぐらだ」

冬太も腹を立てている。

「旦那《だんな》さんはもちろん、おかみさんや大おかみさんにも、話していないようですね」

話していたら、それなりの動きがあるはずだった。

「そこがあいつの、しょうもないところだ」

この件は、さすがに庇《かば》ってもらえないと考えているのだろう。話したくても、話せないのかもしれなかった。

誰かが後ろにいないと、満足にできることは何もない。吉原で遊ぶっていられるのも、十八大通の一人近江屋喜三郎がいるからだ。一人でやると、貼り紙値段のときのように騙《だま》される。

「どうしたらよいのでしょうか」

新たな命のことだから、自分ならば赤子のことを第一に考える。

「貞太郎はおろおろするだけで、何もできやしねえ。産ませて育てる覚悟もないだろう」

「そうですね」

お狛やお徳に話しても、二人は己に都合のいいようにしか動かない。気に入らない腹からだとなれば、たとえ血の繋《つな》がった胎児であっても邪魔だと考えるのではないか。

「金左衛門さんや清蔵さんに話すかどうかは、おめえ次第だ」

と告げられた。弐吉には荷が重いが、冬太にしたらしょせんは他人事《ひとごと》だろう。すぐには決められない。

それから弐吉は、黒崎の面通しができそうなことを伝えた。父親の最期については、話してあった。冬太がいたから、弐助が死亡した折の詳細に近づけた。

「そりゃあ、よかった。いつかはできると思っていたが、早い方がいい」

目を輝かした。

また黒崎や玉置屋についても、弐吉は分かったことを伝えた。冬太は貼り紙値段のことがあるから、黒崎や篠田の卑怯《ひきょう》についてはよく分かっている。

「何かしていやがるな」

「中身は分かりませんが、そう思います」

「役に立つことがあるならば、手を貸すぜ」

ありがたい言葉だった。ただ今のところは、身動きのしようがない。それから冬太は話題を変えた。

「お文さんは、変りがないか」

と尋ねてきた。

「えっ」

いきなりで、少し驚いた。前に、お文が拵《こしら》えてくれた玉子焼きを分けてやったことがあった。それから時折、話題にする。

さりげない口ぶりだが、気になるらしい。

「別にないですが」

と一応は答えた。しかし実は、お狛が縁談を薦めていた。お文は乗り気がないように見えたが、お狛は話を進める気でいる。弐吉は様子を窺《うかが》っているが、今のところ何かが起こっているようには感じなかった。

立ち消えになったのならば、それでいいと思っていた。

「そうかい。ならばいいが」

それ以上のことは、何も言わず冬太は行ってしまった。

弐吉は裏口から店の敷地に入った。晩飯にはまだ間があるが、お文は下働きの女中を使って、その支度をしているはずだった。

今日あったことを話して、意見を聞いてみたかった。近寄ろうとして、廊下で足を止めた。お狛の声が聞こえた。覗《のぞ》くと下働きの女中は土間にいて、お狛とお文の二人だけが板の間にいた。

「そういうことでね、明日の昼下がりに助次郎《すけじろう》さんがやって来る。そのつもりでいるように」

声は落としていても、決めつけるお狛の言い方だった。否やは言わせない、押しつけがましさがあった。

「でも」

困惑気味のお文の返事だ。どちらも声を落としているが、弐吉がいる場所からははっきり聞こえた。

「なあに。軽い気持ちで四半刻《しはんとき》、話をすればいいのさ」

さりげない口調だが、したたかさが潜んでいる。縁談の件だと、弐吉には分かった。助次郎というのが、どうやらその相手で、明日にも店にやって来るらしい。

耳にした弐吉は、気持ちが揺れた。

立ち消えになど、なっていなかった。さらに進んでいるようだ。息を殺して、耳をそばだてた。

「大店《おおだな》の酒問屋を、番頭として支える人だからね。これからが楽しみじゃないか」

お文は望まない様子だが、本当の気持ちは分からない。またお狛は、一度決めたことを最後まで押し通す性質だということは分かっていた。

自分が言いたいことだけを告げると、お狛は立ち去って行った。弐吉は話したいことがあったが、お文に声をかけるのに躊躇《ためら》いが生まれた。

お文の頭にあるのは、命じられた明日のことだと思われる。弐吉の話は、二の次三の次だろう。

見ているとお文は、少しの間何か考える様子を見せたが、すぐに気持ちを切り替えたらしかった。夕餉《ゆうげ》の支度の指図を始めた。

そこで意を決した弐吉は、今の話は聞かない顔でお文の傍へ寄った。先ほどは声をかけるのはやめようと考えたが、やはり聞いてほしかった。お澄の件は、自分一人の胸にしまっておくには大きすぎた。意見を聞きたかった。

今日一日で見聞きしたことを伝えた。

「まあ」

お文が何よりも驚いたのは、貞太郎に赤子ができているという点だった。

「仕方のない人ですね」

悲しむような、怒ったような口ぶりだった。

「どうしましょうか」

「笠倉屋の大事ですから、話さないわけにはいかないでしょう」

とりあえずは、清蔵に話したらいいと告げられた。

「何か考えてくれるでしょう」

と続けた。それで腹が決まった。

弐吉は清蔵のところへ行って、まず玉置屋について耳にしたことを伝えた。まだ能見との一件に、繋がるかどうかは分からない。

そして黒崎が父親を死なせた侍ではないかと考えるに至った詳細を話し、明日は面通しをするための暇を貰《もら》いたいと願い出た。

「仇として、捜したいと考えていたのだな」

「へえ」

命じられた調べの途中で、自分のための聞き込みをした。そのことを叱られるかと思ったが、それはなかった。

「分かった。行けばいい」

駄目だと言われたらどうしようかと思ったが、取り越し苦労だった。

「ありがたいことで」

弐吉は頭を下げたが、清蔵は続けた。

「しかし明らかになっても、今となってはどうにもならないぞ」

「分かっています。心の内で思うだけです」

弐吉はそう答えた。百も承知だが、確かめないではいられない。胸に秘めるものはあるが、今はどうにもならないと分かっていた。それから冬太から聞いた、貞太郎に関する話を清蔵に伝えた。

「そうか」

驚きの目を向けてきた。

「またしても、厄介なことをしてくれたな」

清蔵はため息を吐いたあとで続けた。

「どうなるのでしょう」

笠倉屋としては、知らぬふりはできない。

「その件については、預かっておこう」

清蔵は言った。どう動くか、思案している様子だった。

自分一人で抱え込まなくて済んで、弐吉は少しほっとした。

二

翌朝、弐吉は笠倉屋を出て、市谷浄瑠璃坂下の古着屋へ向かった。秋晴れだが、深く吸い込んだ空気は少し冷たい。いつの間にか足早になった。堀端の芒《すすき》が、風になびいている。

古着屋はすでに店を開けていて、弐吉はその敷居を跨《また》いだ。

「今日は、お手数をお掛けします」

改めて、面通しの依頼をしたのである。女房は緊張した面持ちだったが頷《うなず》いた。顔を見てもらうだけだ。何かをするわけではなかった。

黒崎と篠田が本当に父の仇だと分かったら、復讐《ふくしゅう》は違う形でする。目付に訴えるなどという無駄なことをするつもりはなかった。

商家の手代の言葉など、まともに取り合っては貰えないだろう。

「十年も前のことなど、覚えておらぬ」

そう言われればお終《しま》いだ。

無礼者として、逆に捕らえられるかもしれない。清蔵が言ったとおりだ。二人で、古着屋を出た。女房のために、辻駕籠《つじかご》を用意した。

下谷練塀小路の中西道場に着くと、すでに冬太がいた。

「いよいよだな」

目顔に興奮があった。弐吉は両掌《りょうてのひら》に湧いた汗を、袖《そで》で拭《ふ》いた。

門弟たちも集まって来ている。

「一門の各道場から、名人達者と言われるような門弟が集まるらしいぜ」

早めに来た冬太は、門弟から話を聞いていたようだ。頼んだわけではないが、面通しのことが気になって来てくれたのである。

「まだ黒崎らは、姿を見せていねえぜ」

黒崎主従の顔を知っている冬太は言った。昨日聞いた貞太郎に関する話は、清蔵に伝えたと知らせた。

「それでいいだろう」

冬太は返した。この先どうなるか気になるが、弐吉にしても冬太にしても、何かができるわけではない。笠倉屋の問題だ。

さらに門弟が集まってくる。その中には身分の高そうな者もいた。弐吉ら三人は、やや離れた物陰に身を寄せた。

やって来た者の顔を確かめられる場所だ。

二人連れに注目した。しかし二人でやって来るのは、黒崎と篠田だけとは限らない。弐吉としては、少しでも長い間、女房に顔を見させたかった。

「おおっ。来たぞ」

冬太が声を落として言った。黒崎と篠田の顔が見えた。

「あの二人連れです、よく見てください」

弐吉は指差しをし、女房の耳元で囁《ささや》いた。心の臓が、一気に騒ぎ始めた。

女房が、二人に目をやった。顔が強張《こわば》っている。

黒崎は高弟だからか、他の門弟が近寄って頭を下げた。立ち止まって、言葉を交わしている。

顔がよく見えた。話し声が聞こえる。女房は凝視していた。その顔を、弐吉は固《かた》唾《ず》を呑《の》んで見詰めた。

しかしすぐに声を上げなかった。はっきり見たとはいえ十年前だ。

「違うのか」

失望が、胸の中に湧いて出てきた。気持ちばかりが、先走ってしまったのか。

黒崎らは、談笑しながら門内に消えた。

「どうですか」

急《せ》き立ててはいけないと思いながらも、訊《き》いてしまった。違うならば仕方がないと腹は決めていた。待つのは、一呼吸する間も長いと感じた。

「あの人だと思うよ」

やっと答えた。腹の奥が、じわりと熱くなった。

「間違いないですか」

「老けた気がするけど、あのお侍だった。ご家来も覚えている顔だから、確かだよ」

最後は、自分に言い聞かせるような口ぶりだった。これを聞いて、弐吉は胸を撫《な》で下ろした。父弐助を死に至らしめたのが、黒崎だとはっきりした。

「おとっつぁん、おっかさん。仇《かたき》に巡り会いましたよ」

弐吉は胸の中で言った。傍に誰もいなければ、声を上げて叫び出したいくらいの気持ちだ。

「これを」

古着屋の女房には、用意しておいた半紙に包んだ五匁銀を礼として手渡した。もっと出したいところだが、これが今の弐吉には精いっぱいだった。

「そうかい。そんなつもりじゃ、なかったんだけどね」

女房は、嬉《うれ》しそうに半紙の包みを懐に押し込んだ。

「後は、やつらをどう懲らしめてやるかだな」

女房が去ったところで、冬太が言った。

「黒崎と篠田が、玉置屋と組んで何か企《たくら》んでいるのは確かです」

もう札旦那《ふだだんな》でも、店でなければ黒崎や篠田に『様』はつけない。

「阿漕《あこぎ》なことを、平気でするやつらだ。それに近づく玉置屋も、ろくなやつじゃあねえだろう」

冬太が言った。強引だが、今のところ考えられるのはそのあたりだった。

「ともあれおれが、黒崎主従の様子を見てみよう」

と続けた。弐吉は、店へ戻らなくてはならない。清蔵から半日の暇を貰ってはいるが、空けてばかりもいられなかった。大助かりだ。

一人いなければ、他の手代に負担がかかるのは分かっている。弐吉は先に、中西道場から引き上げた。


冬太は一人で、剣術の試合が終わるのを外で待っていた。気合いの声や竹刀のぶつかる音が、響いてくる。試合の決着がつくと、そのたびに喚声が上がった。

すべての試合が済んだ後で、黒崎と篠田が何をするか見てやろうと思ったのだ。このまま屋敷に帰るのならばそれでもいいが、非番なら時間はあるわけだから、何かすると考えた。

九つ（午後十二時頃）を過ぎた頃になって、「おおっ」とひときわ大きな喚声が上がり、それきり竹刀の音がしなくなった。

試合は終わった模様だった。

集まった侍たちが帰り始めた。

「見事な小手であった」

「一瞬の迷いが、打たれた方にあったぞ」

試合の様子を声高に話している。黒崎と篠田も出て来た。

冬太はそれをつけることにした。

練塀小路を南に向かって歩き、神田川に出て和泉《いずみ》橋を渡った。すぐに左折して、河岸の道を東へ向かった。

浅草御門前を通り過ぎ、二人が立ち止まった場所は下柳原同朋町《しもやなぎわらどうぼうしょう》の笹尾《ささお》という料理屋の前だった。黒板塀に囲まれた、瀟洒《しょうしゃ》な建物だ。このあたりには、高そうな料理屋が並んでいる。

「誰かからの接待でも受けるのか」

それならば、最後まで確かめなくてはいけない。

昼食どきだからか、客の出入りはそれなりにあった。町人だけでなく武家の姿もあった。どれも初めて見る顔ばかりだ。

誰が黒崎らと繋《つな》がりがあるか分からないので、出てくるのを待つしかなかった。

「あいつら、うまいものを食っているのか」

そう考えたら、腹の虫がぐうとなった。

通りかかった蕎《そ》麦《ば》の振り売りを呼び止めて、かけ蕎麦を啜《すす》った。それで腹をなだめた。

一刻《いっとき》（約二時間）ほどして、四丁の空の辻駕籠が入口の前に停まった。呼ばれてきたらしい。そこでようやく黒崎と篠田が出て来た。それを見送るといった感じで、商人《あきんど》ふうの二人も出て来た。主人と番頭といった印象だ。

酒が入ったらしい四人は、何か言い合って笑い声を上げた。そして黒崎と篠田は辻駕籠に乗って去った。二人の商人ふうは、それを見送った。

接待したのが商人ふうの二人だと分かった。見送った後、この二人も辻駕籠に乗った。冬太はこれをつけた。

「ほう」

いつの間にか、二丁の辻駕籠の間に、浪人者がついて行くのに気が付いた。歳は六十過ぎと見られる老人だが、足腰はしっかりしていて、身ごなしに隙がないと感じた。

「用心棒だな」

と見当がついた。

二丁の辻駕籠は日本橋を南に渡った。着いた場所は、日本橋通二丁目の呉服屋の前だった。

屋根の看板を見ると、玉置屋とあった。

「これがそうか。大当たりじゃねえか」

弐吉と別れる前に、話題にしたばかりだった。黒崎と篠田を接待したのは、玉置屋の主人喜佐右衛門と番頭仙之助ということになる。顔を覚えた。

やはり何かあると確信した。通りで水をまいている小僧に問いかけた。

「今店に入ったご浪人者は誰かね」

「澤田重蔵《さわだじゅうぞう》様です」

用心棒だと分かった。二月《ふたつき》半ほど前から雇われているとか。

三

笠倉屋の客は、おおむね札旦那だ。同業の主人や番頭が訪ねてくることもあるが、それは三、四日に一度くらいのものだ。何もなければ、十日も顔を見せないことがある。

中西道場から戻った弐吉は、家禄《かろく》九十俵の直参《じきさん》を相手に、貸金のためのやり取りをしていた。

父を死に追いやった侍が黒崎と分かった興奮が、胸の内にある。それを抑えつつ、稼業に励んだ。清蔵には伝えたが、他の誰にも話していなかった。

目の前の札旦那には、まだ貸すことができた。ただ借りた金は、利息をつけて返さなくてはならないから、向こうにも迷いがあった。

「先々のことをお考えになって、できれば少なめの方がよろしいのでは」

と助言した。

隣では、猪作が中年の札旦那と対談をしている。

「どうぞ、ご利用くださいまし」

「そうか。助かるぞ」

相手は上機嫌だ。猪作は貸せるだけ貸してしまう。その方が店として利が大きいからだが、札旦那がさらに困窮した場合には貸しにくくなる。これから受け取る禄米を担保にしていることを、貸し手も借り手も忘れてはいけない。

札差《ふださし》と札旦那は、互いに支え合ってこそ、長続きすると清蔵から教えられていた。

弐吉にとって、威張ってばかりいる侍は憎い存在でしかなかったが、札差はそこから利を得ている。潰《つぶ》してしまう訳にはいかない。また理不尽なことばかりを口にするような者だけではないことも、分かってきていた。

侍だからではなく、ようは人柄なのだと感じるようになった。

「ごめんくださいまし」

弐吉が対談した札旦那を送り出したところで、やって来たのけ、二十四、五歳の商家の番頭ふうだった。札差ではない。蔵前の札差ならば、すべての店の番頭と主人の名と顔は頭に入っていた。

現れた客は体つきこそ堅固だが、腰が低く愛想もよかった。絹の上物を身に着けていた。

「播磨《はりま》屋の助次郎です」

と名乗った。それで弐吉は、現れた商人がお文の縁談の相手だと分かった。胸がきりりとして微《かす》かな痛みを感じた。

大店《おおだな》の酒問屋の番頭だと耳にしていた。なかなか立派な外見だと思った。

「ようこそ、おいでなさった」

清蔵が上がり框《がまち》まで出て迎えた。上がるように勧めた。お文の縁者として、助次郎を迎えた形だ。

「まあまあ、わざわざのお運び。お手間でございますね」

お狛も迎えに出て来た。店ではめったに見せない満面の笑みを浮かべていた。助次郎は、奥の部屋へと案内されていった。

「おい。何をぼやっとしているのだ」

弐吉は順番を待っていた札旦那《ふだだんな》に、声を荒らげられた。


お文は、奥の部屋にいる助次郎のもとへ茶菓を運んだ。よい香りの極上の茶を淹《い》れた。そうしろとお狛に言われていた。

奥の部屋には、お狛とお徳、それに貞太郎と清蔵がいた。金左衛門は、出かけていた。

「どうぞお構いなく」

茶菓を勧めると、助次郎はお文に笑顔を向けた。気さくな印象だ。

播磨屋は霊岸島新川《しんかわ》河岸の老舗《しにせ》の酒問屋で、上物の下り酒を扱う店だった。専用の船着場があって、店の脇には酒樽《さかだる》を納める大きな倉庫を持っているとお狛は話していた。

新酒が入荷するころには、倉庫は満杯になるとか。複数の大名家にも、品を納めているとお狛は言っていた。

助次郎はそこの次男坊で、跡取りの兄がいると聞いた。その兄を支える番頭として商いに関わっている。仕入れのために、西国にも出向くそうな。重い役目を果たしているということだ。

「若いけど、なかなかのやり手だそうじゃないか」

これはお徳が口にした。

播磨屋のおかみ、すなわち助次郎の母親とお狛は、若い頃に同じ師匠の下で手習いの指導を受けた。それ以来の付き合いだとか。前にその母親と助次郎が笠倉屋へやって来たことがあった。そのときもお文が茶菓を運んだが、母と息子に見初められたらしい。

お狛はすっかりその気になっていた。

通常の客ならば、お文は茶菓を出せばすぐに引き上げる。けれども今日は、そのまま部屋に残るようにと告げられていた。

「やはりお酒は、灘《なだ》の下り物でないとね。あれが一番ですよ」

貞太郎の言葉は口先だけで、軽く感じる。お澄の件は、どうなるのか。案じている気配は微塵《みじん》も感じない。

「まったく。私もいただいています」

お狛が続けた。

「それはありがたいですねえ。たくさんの方に、飲んでいただきたい」

助次郎は、満足そうな顔をして頷《うなず》いている。

「如才ない人だ」

その様子を見ていて、お文は思う。嫌な人だとは感じない。相手の言葉を柔らかに受け止める。

お文は、中仙道《なかせんどう》本庄宿《ほんじようしゆく》に近い山王堂《さんのうどう》村で小作などを持つ百姓代の家に生まれた。十七歳のときに縁談があってまとまりかけたが、どうしても気持ちを向けることができなかった。

豪農の跡取りで、傲慢《ごうまん》な男だった。小作や水呑《みずのみ》を、農耕の馬や牛のようにしか考えていなかった。その男のせいで村にはいられない出来事が起こって、お文は清蔵を頼って江戸へ出て来た。

助次郎には、そういう傲慢さを感じなかった。顔を見て胸がときめくことはないが、嫌なわけでもなかった。

「いつまでも笠倉屋にいるわけにはいかない。仕方がないのか」

という気持ちがあったから、強く断ることができなかった。とはいえこれから死ぬまで続く長い暮らしを、「仕方がない」で始めていいのかという思いもあった。

「気が済むようにすればいい」

清蔵は、そう言ってくれている。取り留めのない話をして、半刻《はんとき》（約一時間）が過ぎた。助次郎は帰ることになった。

立ち上がったところで、助次郎はお狛に言った。

「あと数日で、富岡八幡宮の祭礼があります。お文さんをお誘いしても、よろしいですか」

自然な物言いだった。それを言うつもりで来たのだとお文は察した。

「どうぞどうぞ、よろしくお願いいたします」

お狛は、満面の笑みで応じた。清蔵も、不満な表情は見せなかった。

「楽しみが、できたじゃないか」

お徳は、お文に向けて言った。楽しみではないが、小さく頷いた。こうやって、少しずつ隙間が埋められてゆくのかと思った。

「浅草御門まで、お見送りをしたら」

「そりゃあいい」

貞太郎が言って、すぐにお狛が応じた。こんなところにだけ、気が回る。余計なことをと思ったが、そういう話になってしまった。

店の外まで、お狛とお徳、貞太郎、清蔵は見送りに出た。お文は、助次郎と蔵前橋通りを浅草御門に向けて歩いて行く。

「お文さんは、江戸での暮らしに慣れましたか」

「はい。皆さんよくしてくださるので」

助次郎がどこまで自分のことを聞いているのか、お文には分からない。当たり障りのない返答をした。

細かな身の上を、話したい相手にはまだなっていなかった。

浅草御門の近くまでやってきた。そのときだ。ぼろ雑巾《ぞうきん》をまとったような老爺《ろうや》の物貰《ものもら》いが近寄ってきた。汗と埃《ほこり》の混じった悪臭が、鼻を突いた。

「どうぞお恵みを」

老爺は欠け丼《どんぶり》を差し出した。助次郎は、ぶつからないように手を振って、老爺を追い払おうとした。

そのまま歩いて行く。しかし老爺は、かまわずついてきた。

「どうか、一文でも二文でも」

お文の前で欠け丼を突き出した。しつこかった。

「邪魔するな」

助次郎が、物貰いの老爺を突き飛ばした。容赦のないやり方で、お文は驚いた。老爺は地べたに転がった。あっと言う間のことだった。

物貰いは、すぐには起き上がれない。腰を打ったらしかった。お文が立ち上がるために手を貸そうとしたが、助次郎が止めた。

「おやめなさい。手が汚れる」

「でも」

「卑しい者が、付きまとってきただけです」

「痛がっています」

「わざとやっている。放っておけばいい。癖になる」

同情はなかった。

確かに老爺は、顔を歪《ゆが》めながらも一人で立ち上がった。助次郎は、老爺を睨《にら》みつけた。それでようやく銭を求めることをあきらめ、離れていった。

「ほら、何事もなかったように歩いてゆく。お文さんには、嫌な思いをさせてしまいましたね」

助次郎が、笑顔を向けて言った。確かに嫌な思いをした。ただその「嫌な思い」の内容は、助次郎とは違うとお文は感じた。

相手は物貰いとはいえ、年寄りだ。助次郎がそういうことをするのは意外だった。穏やかな笑顔の奥に、酷薄さが潜んでいると感じた。

四

お文は助次郎と別れて笠倉屋へ戻った。一仕事終えたような気持ちだった。お狛の部屋へ挨拶《あいさつ》に行こうとして近くまで行って、足を止めた。

「そんな馬鹿なことが、あるわけがない」

お狛の甲高い声が響いてきたからだ。めったに聞かない口調だ。お文は廊下で足を止めた。

入っていける気配ではなかった。どうしたものかと迷った。耳を澄ました。

「いや、でも」

くぐもった貞太郎の声が聞こえた。困惑の中に、居直ったような不貞腐《ふてくさ》れたような気配を感じた。そのまま続けた。

「こんなことに、なるとは思わなかった。驚いているのは、私の方ですよ」

どこか他人事《ひとごと》のような言い方だった。

「何を言っているんだい。あんたっていう人は」

「そうだよ。まったく」

お狛の興奮は収まらない。お徳の声も続いた。

お澄と腹の子の件が伝えられたのだと、お文は察した。お狛とお徳が、ここまで
貞太郎を責めるのは初めて聞いた。息を呑《の》んだ。

聞いていていいのかと思いつつも、お文は廊下で動けなくなった。

「すぐにでも、堕《お》ろさせるんだね」

「そうだよ。産ませるわけにはいかない」

お狛とお徳だ。

「あんたは主人として、どう思うんですか」

「厄介なことをしてくれた」

お狛に言われた金左衛門が答えた。苦渋の声だ。外出から戻って来て、この話を
聞いたらしかった。清蔵から、耳にしたのだろう。

放っては置けない出来事だ。清蔵がいないのは、一家のことだからか。

「でも。お澄は、産みたいと」

聞き取りにくいほど小さな貞太郎の声だ。

「何を言っているんだい。その女、うちの身代が目当てなだけじゃないか」

お徳が決めつけた。声には怒りと苛立《いらだ》ちがあるが、根っこにあるのがそれだとお文は考えた。

吉原通いならば大目に見る。それなりの金子《きんす》を使っても、それで終わりだ。しかし相手が素人で貞太郎の子どもが腹にいるとなると、そうはいかない話だ。

「でも、けなげな女なんだ。一度会ってもらえれば」

それでも貞太郎は、一応はお澄の気持ちを伝えようとはしていた。

「何をお言いだい。おまえは騙《だま》されているんだ」

「そうだよ。うちの敷居を、そんな女に跨《また》がせるわけにはいかない」

お狛とお徳が続けた。一切受け入れないといった口調だ。貞太郎は何かを言おうとしたらしいが、身じろぎした衣擦《きぬず》れの音が聞こえただけだった。お狛らの気迫に、押されたのだ。

いつもならば、味方になる女二人が敵に回っている。肩を持つ者はいない。どうしたらいいのか分からず、ただおろおろしている気配だった。

店を出てでもお澄と暮らし、子どもを産ませようという気概や覚悟はないらしかった。

「はあっ」

弱々しいため息が聞こえた。

「あんたには、笠倉屋にふさわしい嫁を探します」

「そうだね。その女のことは、忘れてもらう」

「いやそれは」

「迷ってはいけない。きっぱりと切り捨てるんだよ。曖昧《あいまい》な態度を取っては、切れる話も切れなくなるからね」

これ以上の話はいらないといった口ぶりだ。命じるようなお狛の言い方だった。何も答えず、しばし間をおいてから、貞太郎は立ち上がったらしかった。何を言っても無駄だと悟ったようだ。歯向かうことはできない。

お文は急いで、隣の部屋へ入った。項垂《うなだ》れた貞太郎が、廊下を歩いてゆく。

「何をやっても中途半端な人だ」

胸の内で呟《つぶや》いた。おそらく、お澄を切ることもできないのだ。そんな気がした。

しかし迷っている暇はない。弐吉の話では、腹の子はすでに五か月になろうとしているとのことだった。赤子は育ってゆく。

「どうです。お澄を、一度呼んで、顔だけでも見てみれば」

そう言ったのは、金左衛門だった。

「とんでもない。四つも年上で、元は囲われ者だったっていうじゃないか」

「そうですよ。あんたは、その女が手を引くように動けばいいんだ」

「…………」

金左衛門は、返事をしなかった。

動く気配があったので、お文は部屋から離れた。聞いているだけでも、喉《のど》がからからになった。

裏手の井戸端へ行こうとすると、貞太郎が困惑の表情で猪作と話をしていた。奥の部屋での愚痴を、こぼしているのだとお文は思った。

猪作は神妙に頷《うなず》き、何か話している。慰めの言葉をかけているらしかった。

「意気地のない人。猪作なんかに話しても仕方がないのに」

と呟きが漏れたが、そこが貞太郎の脆《もろ》さだと見えていた。猪作が腹で何を思っているか、知れたものではなかった。

猪作は己に都合がいいようにしか動かない。何かをしたとしても、それは貞太郎やお澄のためではないだろう。

ご機嫌取りのために、余計なことをしなければいいと思った。

五

水を撒《ま》き終えた玉置屋の小僧は、店の中に引っ込んだ。微《かす》かな風があって、どこかから飛んできた落ち葉が道端に舞い落ちた。

冬太は店の中を改めて覗《のぞ》き込んだ。呉服屋の看板が出ているから、絹織物を商う店だというのは分かっている。色とりどりの反物が並べられていた。

娘の派手なものから、武家の老人が身にまとうような品まで店頭に並べてある。染めていない白絹も、店の奥に見受けられた。

年頃の娘が、母親と反物を選んでいた。

ただ目に見えることだけしか分からない。店の商いの具合は、それだけでは見当もつかなかった。

「おお、これだな」

店の出入り口の柱近くに、『御公儀御用達《ごようたし》』の大きめの木札が掛かっている。冬太はそれに目を留めた。

これがあるから店の格は上がり、商家としての信用を得られている。資金繰りもやりやすくなるだろうという見当くらいは、冬太にもついた。

通町二丁目界隈《かいわい》は何度も歩いているが、この店については、これまでまったく気にもしなかった。

近所で訊《き》いて分かったのは、九代続いた老舗《しにせ》だということだけだった。

「この店が、黒崎とつるんで何か悪さを企《たくら》んでいるのは明らかだ」

とは考えている。何もなくて、高そうな料理屋で主従の接待をするわけがない。かけ蕎麦《そば》いっぱいで腹をごまかし、冬太は下柳原同朋町の高そうな料理屋笹尾を見張ったのである。

折しも弐吉の父親を狼藉《ろうぜき》によって死なせたのが、黒崎だとはっきりした直後だった。

「悪党め」

捨て置けない気持ちになっていた。

正義感とは、微妙に違う。弐吉の父親への狼藉を含めて、つましく生きる者を虐げる行為をしている。偉そうにしているやつが悪事を働き、罰を受けることもなく堂々と過ごしている。そのことへの怒りと不満が、体の中で渦を巻いていた。

今のところ、手も足も出ない。しかしそのままにはしないぞと、調べをするたびに気持ちが固まってゆく。

しばらくして、店から二十歳をやや過ぎたあたりの手代が姿を見せた。冬太は御用達の木札に目をやりながら、笑顔で問いかけをした。

「御公儀御用達というのは、たいしたものだな」

「はい。お陰様で」

手代は、腰の十手に目をやりながら答えた。

「どのような品を納めているのか」

まず、そこから始めた。公儀の品だから、答えられないと言われたらそれまでだ。

「白絹でございますよ。お大名様やお旗本様に下賜なさるお品です」

「なるほど、では上物というわけだな」

「もちろんでございます」

手代は、胸を張った。

「ならば、かなりの量になるのではないか」

「お納めするのはうちだけではありませんが、それでもかなりの量になります」

「儲《もう》かるな」

「いえいえ、儲けというよりも、ご公儀のお役に立てることが幸いでございます」

当たり障りのない返事をした。

「納めるのは、白絹だけだな」

「御納戸方にお納めいたしますので、ご依頼があれば他の品でも」

とはいえ、実際は白絹だけだという話だった。

「御納戸方以外には、納めていねえんだな」

「さようで」

ややむっとした顔になった。

「納品についての、品質や量、期日は厳しいのだろうな」

「それはもう。落ち度がないようにいたします」

「前に、そういうことはなかったのかね」

と探りを入れてみた。すると、わずかにはっとした顔になった。それから慌てて首を横に振った。

「もちろん、そんなことはありません」

それを聞いた冬太は、あったのだなと考えた。

「他に、ご公儀に白絹を納めている店を教えてもらおう」

手代は渋ったが、冬太は白絹を納めている御用達の屋号を聞き出した。京橋尾張《おわり》町《ちよう》三丁目の山城《やましろ》屋だというので、足を延ばした。

日本橋通町に劣らない、繁華な場所だ。山城屋の店舗は同じような規模だが、こちらの方が活気があった。

ここでも、手代に問いかけた。玉置屋と同じようなことを聞いてから、「落ち度」について尋ねた。

「うちはありません。そんなことをしたら、御用達から外されます」

これは嘘ではない口ぶりだった。

「でも、玉置屋では、あったのじゃあないかい」

と言ってみた。

「えっ。どうしてそれを」

驚きの目を向けてきた。

「まあな。おれの耳は地獄耳だ」

冬太は腰の十手に手を触れさせながら返した。

「しかし玉置屋がどうして、あのようなしくじりをしたのか」

何も分かっていないが、「あのような」と分かっている口ぶりで、続けて問いかけた。

「慢心があったと口にする者がいます」

これは、手代の見方かもしれない。意地悪そうな口ぶりにも聞こえた。とはいえ商売敵ならば、当然かもしれなかった。

「なるほど。しかしな、組頭様はお怒りになったのではないか」

その先の御納戸方としての予定が、崩れたかもしれない。

「ええ。何しろ、納品が翌朝になったわけでございますから」

しくじりとはいえ、明らかな遅延だ。

「だが玉置屋は、御用達から外されていないな」

「そこですよ。おかしいのは」

腹立たしく思っていたのは間違いない。その気持ちが面に出た。話を聞く限りでは、組頭が庇《かば》ったことになる。

「袖《そで》の下でも、出したのではないかというわけだな」

「いえいえ、そうは申しませんが」

わざとらしく、首を横に振った。公儀のしたことに、異議を挟んだとされるのは避けたいのだろう。

「番頭の仙之助さんは、なかなかのやり手です」

「何か手を打ったということか」

「あの人ならば、やりかねません」

仙之助は、悪巧みもする人物だと言いたいらしい。

「扱う量を、減らされるなどはないのか」

それくらいは、あってもよさそうだ。

「ありません。かえって増えているような」

「どういうことか」

腑《ふ》に落ちない話だ。

「つい先日に、御納戸方より白絹五百反の臨時のご用命がありました」

「なかなかの量だな」

「はい。玉置屋さんが受けました」

日を置かず、納品が行われた模様だ。

「山城屋には、声はかからなかったのか」

「さようで」

そこに不満があるらしかった。ここではっとした顔になった。余計な話をしたと思ったのかもしれない。

愛想笑いをして店に入ってしまった。

冬太は京橋界隈《かいわい》から戻る途中で、目についた呉服屋に立ち寄った。手代に問いかけた。公儀の御用達《ごようたし》ではない店だ。

「玉置屋を知っているな」

「それはもう。老舗《しにせ》ですから」

「商いの具合はどうか」

「よろしいのではないですか」

「傾き始めていると口にする者もいるぞ。そうなれば、公儀御用達からも外される。その後釜《あとがま》を、その方の店も狙っているのではないか」

「とんでもないことです。あの店には、手練《てだ》れの番頭仙之助さんがいらっしゃいます」

と手代は答えた。

「玉置屋にはひと頃ほどの勢いはないと聞くがな」

「確かに、そういう噂はあります。ですが公儀御用達であることと、やり手の仙之助さんがいる限りは、ちょっとやそっとではびくともしないのでは」

真顔で答えた。

六

夕餉《ゆうげ》の味噌汁《みそしる》に入れる豆腐を買いに、お文は表通りに出た。すでに夕暮れどきになっていた。横道に入ると、馴染《なじ》みの豆腐屋がある。

助次郎を浅草橋まで送った後、報告をしようとお狛の部屋へ行ったが、貞太郎とお澄についてのやり取りを耳にしてしまった。

お狛とお徳の反応は冷ややかだったし、貞太郎はどこか他人事《ひとごと》のようで腹立たしかった。

金左衛門がどういう判断をするのか分からないが、お狛とお徳の意向を無視できないのは明らかだ。息苦しい気持ちになった。

しばらくしてからお狛には助次郎を見送ったことを伝えたが、上の空で聞いていた。貞太郎が孕《はら》ませた赤子のことが気になるらしかった。

血を分けた孫でも、愛する存在ではなく邪魔者としてだ。厳しい表情だった。

外の空気を吸いたかった。お文は下働きの女中に豆腐屋へ行かせるのではなく、自ら通りへ出た。

夕暮れ時の蔵前橋通りは、仕事を終えた人たちが行き交っている。札旦那《ふだだんな》の姿も少なくなった。

「おや」

薄闇の中で、笠倉屋の店を覗《のぞ》く女の姿が見えた。薄闇の中だが、なかなかの器量よしで、歳は二十代前半といった印象だった。

どこか思い詰めた気配があった。

女が笠倉屋の様子を窺《うかが》うのは、きわめて珍しい。それでお文は、その女を注意深く見詰めた。

「あれは」

薄闇が町を覆っていても、まだその姿はちゃんと見えた。普通の体ではないと感じた。ただ肥えているというのとは違う。

それで腹に子がいるのだと気が付いた。

お澄ではないかと思った。妊娠を伝えられた貞太郎はどうしているか、心細くなってやって来たのだと察した。女の身としては、気になるのは当然だ。

頼りにしたいのは腹の子の父親だが、満足な反応を得られない。だから貞太郎を呼び出したいのだろうが、できない様子だった。

お文は近づいた。呼びたいのならば、声をかけてやるくらいはできると思った。ただ貞太郎が、どういう態度を取るか分からない。お澄の力になりたい気持ちはあったが、できることには限りがあった。

二間ほどの距離になったところで、こちらに気づいたらしかった。顔を向けた。

「あっ」

小さな声を上げてから、小走りになってその場を離れた。心に乱れがあるような、ふらつく足取りに見えた。

お澄なら腹に子がいる。走るのは危ないと思った。

声をかけたい気持ちがあった。お文は、後をつけた。豆腐のことは、すっかり忘れていた。

女は少し行ったところで、歩みを緩やかにした。自分でも、走るのはよくないと気が付いたのだろう。

だがそのときだ。薄闇の中を、人足ふうが二人で何か話をしながら歩いてきた。横手から現れた女に気が付かない。

女の方が先に気づいたが、そのときは至近の距離になっていた。避《よ》けようとしたが、どんと体がぶつかった。

お文は慌てて駆けた。倒れて尻餅《しりもち》でもついたら、とんでもないことになる。女は体勢を崩して、転ぶ寸前となった。

お文が飛び込むように抱え込んで転び、下敷きになる形で女の体を支えた。したたか尻と背中を打った。痛みで、呻《うめ》き声が出た。

「気をつけろ」

男の方が、怒鳴りつけてきた。お文はそれを無視した。まず自分が起き上がった。

「大丈夫ですか」

次に女を起き上がらせてから、声をかけた。

「ありがとうございます」

相手は礼の言葉を口にした。体に異常はなさそうなので、ほっとした。人足ふうは、まだ何か言おうとしていたが、お文は告げた。

「さっさとお行き。そうでないと、人を呼ぶから」

きつい声になった。口に出してから、こんなに乱暴な言葉で人を責めたのは久しぶりだと思った。江戸へ出てきてからは、一度もない。

「うるせえ。急にやって来た、この女が悪いんだ」

虚勢を張ったが、人足たちは行ってしまった。

「家はどこですか」

優しい口調にして問いかけた。

「ありがとう。北新堀町です。お澄と言います」

やっぱりと思いながら聞いた。

「お腹に赤子がいますね。何もなくてよかった」

「ええ」

お腹に手を当てたが、返事に戸惑う響きがあった。屈託があるのは、明らかだ。

寂し気な表情に見えた。

「お腹の子に障りがあったら、おとっつぁんが悲しみますよ」

と言ってみた。

「そうでしょうか」

と、ぼそりと返した。貞太郎は喜んでいないと、察しているらしかった。不憫《ふびん》な気がした。

「送りましょう」

お文はお澄の腕を取って歩き始めた。腕に、体の温《ぬく》もりが伝わってきた。

「一人で歩けますよ」

「いいじゃないですか。ついていったって」

放っておけない気がした。何かをしたかったが、無理強いはできない。お澄が問いかけてきた。

「あなたのお名は」

「お文といいます」

笠倉屋の名を出そうかと考えたが、それはやめた。驚かせるだろうし、なぜ現れたかと訝《いぶか》るかもしれなかった。

「お世話になりました。それではここで」

北新堀町の家に着くと、お澄は頭を下げた。もっと話を聞きたい気がしたが、豆腐を買わなくてはいけないことを思い出した。

「いつか、お邪魔をしますよ」

「ぜひ、そうしてください」

お澄は言い残すと、家の中に入って行った。

七

小僧たちが、店の戸を閉めていた。弐吉はその指図をしてから、通りに出た。もうしばらくすると、暮れ六つの鐘が鳴る。

暗くなってゆく南の空に、丸に近づいてきた月が、薄ぼんやりと見えた。

「十五夜の観月が楽しみだね」

「望月《もちづき》の富岡八幡様の御祭礼は、賑《にぎ》わうだろうよ」

「ぜひ、行ってみようじゃねえか」

通り過ぎる職人ふうの話し声が聞こえた。そこへ冬太が姿を見せた。

「今日は、世話になりました」

中西道場でのことがあったので、弐吉は頭を下げた。わざわざ中西道場まで、来てくれていた。

そして黒崎への怒りは、思い出す度にぶり返して消えることはない。相手がはっきりして、かえって恨みは確かなものになった。

「あの後、黒崎と篠田をつけたぜ」

玉置屋の主人喜佐右衛門と番頭仙之助が下柳原同朋町の料理屋笹尾で会食をしたこと、用心棒澤田重蔵を見かけたことなどについて話を聞いた。さらに玉置屋の商いぶりについても伝えられた。

「やはり玉置屋でしたか」

「予想した通りじゃねえか」

「玉置屋は一度納品についてしくじりをし、黒崎が庇《かば》ったわけですね」

話としては、そうなる。

「そうだ。黒崎には借りがあるということだ」

「笹尾なる料理屋では、玉置屋が振舞ったのでしょうか」

「当然だろう。出入りの差し止めになっても、苦情は言えないところだ」

「玉置屋が黒崎へするのは、料理屋の接待だけでしょうか」

気になるのはそこだ。弱みがあれば、他のこともせざるを得なくなるだろう。よほどの難題でも断れない。

「何よりもおかしいのは、しくじりがあっても扱い量が増えているということだ」

「山城屋の不満は、もっともですね」

ありえない話だ。

「やはり、何かあると考えるべきではないか」

「そうですね。そこに札旦那《ふだだんな》の能見様が絡んでくるわけですね」

「能見が黒崎の子分ならば、そうなるんじゃねえか」

命じられれば、断れない。弐吉は冬太から聞いた話を、清蔵に伝えた。

「となると黒崎様は、またしても猟官のために、金を使おうとしているわけだな」

それしか考えられない。

「笠倉屋へは、金を借りに来ていないわけだな」

「来ていません」

「なぜ来ないのか」

「借りれば、利息を払わなくてはなりません。袖《そで》の下ならば、返す必要はありません。金など借りないという見栄も、あるのではないでしょうか」

「なるほどな」

清蔵は頷《うなず》いた。

「進物の相手は、やはり溝口様でしょうか」

弐吉が問いかけた。貼り紙値段の折には、茶道に造詣《ぞうけい》が深い溝口に高価な茶入れを贈ろうとしてできなかった。

「茶入れの折にはどうにもならなかったが、今でもあきらめてはいないのではないか」

「進物の品など、他にもあるでしょうからね」

「溝口様を頼りにしようとしているならば、出入りは多かろう」

「明日にでも、確かめてみたいと思います」

「よし。行ってこい」

清蔵が言った。


翌日、弐吉は笠倉屋で手代として対談をおこない、昼過ぎになって、清蔵の計らいで、四谷《よつや》の札旦那のもとへ出向くことになった。隠居の病気見舞いという名目だ。笠倉屋では、札旦那との日頃の関係を大事にしている。晒《さらし》三反を持った。関係ができていれば、やり取りは円滑になる。

その用事を済ませた弐吉は、市谷の尾張藩上屋敷の裏手にある五千石の旗本溝口家の屋敷の前に立った。

間口は四十間以上あって、屋根の高い門番所付きの長屋門だった。敷地は七百坪くらいはありそうだ。長屋は白壁で、下は海鼠《なまこ》壁になっている。門の向こうに、椎《しい》の巨木が聳《そび》えていた。
壮麗さでは、黒崎屋敷とは比べ物にならない。
黒崎は先々月茶入れを贈ろうとしてできなくなった。それで猟官をあきらめてい
たら、ここへ姿を見せることはないだろう。しかしそうでないならば、前のように
足を向けてきているはずだった。
そして贈答のための金子《きんす》を得ようとするだろう。
ただ屋敷の門前に立つと、誰にどう問いかけたらよいか戸惑う。ともあれ誰か出
てくるのを待った。すると半刻《はんとき》ばかりして、中間《ちゅうげん》が出て来た。弐吉は歩み寄った。
「すみません。ちとお話を伺えるでしょうか」
手早く小銭を、懐に落とし込んだ。
「何だ」
中間は足を止めずに、答えた。追い払いはしなかった。弐吉は並んで歩きながら
問いかけた。
「溝口家の縁続きで、黒崎禧三郎様という方をご存じでしょうか」
「さあ、知らぬな。屋敷には、いろいろな方がお見えになる。いちいち覚えてはい
られぬ」

考える様子もない。あっさりしたものだった。そのまま行ってしまった。振り向きもしない。

袖に落とした小銭は、無駄になった。惜しいが仕方がない。また門前に戻って、見張った。

じっと待っていると、問いかけても、望む答えは得られないのではないかと考えた。無駄なことをしているような。

そこへ四十歳前後の、きちんとした身なりの侍が現れた。外出から戻って来たのである。声をかけようとしたが、すぐに中へ入ってしまった。

そこで弐吉は、近くの辻番《つじばん》小屋へ行った。

「今、溝口屋敷へお入りになった方は、どなたで」

と問いかけた。

「あれは、御用人の西山吉三郎《にしやまきちさぶろう》様だな」

聞けたのは幸いだった。聞き覚えのある名だった。

「そうか」

思い出した。前に篠田が、茶碗を贈るにあたって麹町四丁目の小料理屋美園《みその》で接待をした侍である。

「ならば」

それで聞き込む先が思いついた。弐吉は麴町四丁目へ走った。

美園は、まだ店を開けていなかった。掃除をしていた女中に、弐吉は問いかけた。ここでも小銭を渡した。

「篠田様ならば、今月もお見えになっています」

「西山様という、四十絡みのお侍とご一緒ですね」

「そうです」

八月になって、すでに三回来たとか。

「どんな話をしていますか」

「茶碗とか茶入れがどうとか」

少し考えるふうをしてから答えた。聞いて体がぞくっとした。黒崎が猟官を続けている証《あかし》だと考えたからだ。

一度は茶入れをあきらめたが、また贈ろうと考えている。あるいはもう贈ったのか。

「何であれ、その金子はどこから出るのか」

弐吉は声に出して言ってみた。

第三章　十五夜観月

一

猟官のための金子は、黒崎自身がどこかで得なければならない。昇進は誰もが望んでいることだから、目につく進物を贈らなくてはならないだろう。ただそのためには、どうしても金子が要る。

「笠倉屋へ来ないなら、どこへ行くのか」

弐吉は考えたが、答えは出ない。笠倉屋へ帰って、まず清蔵に耳にしたことを伝えた。その後で相談した。

「お武家には、禄《ろく》以外に手に入る実入りはない。札差《ふださし》から得る金子は、すべて借金だ」

利息を払わなくてはならない借金など、誰もしたくはない。借りないわけにはいかない暮らしの事情があるから、札差まで足を運んでくる。

借りないで済むならば、それが一番だ。

「高禄でも、不相応な金子の使い方をしていれば苦しくなる」

何十両もの茶器をたびたび求めることは、それに相当する。しかし黒崎家が、金で苦しんでいる気配は感じない。

「禄米以外に、出費を賄える実入りがあるということですね」

「そうなるな」

「不法な何かをしたことで得られる、袖《そで》の下ですね」

「傘張りや金魚育てなどをしなければ、そうなるだろう」

「黒崎家では、何があるのでしょう」

弐吉は考えてみた。黒崎や篠田が、傘を張っているとは思えない。鼠志野を手に入れられるほどの何かだ。

「そうだな、黒崎様は御納戸組頭だ。その関わりではあるだろう」

「玉置屋は、その御納戸方出入りの御用達《ごようたし》です。能見様は、その配下となります」

弐吉は言葉に力を入れた。

「するとそこか」

ただ玉置屋から、どういう仕組みで黒崎のもとへ金子が入ることになるのか。その仕組みについては、さすがの清蔵にも見当がつかない様子だった。

とはいえ玉置屋が、何もなくて黒崎に袖の下を渡しているとは考えられなかった。

「黒崎様の金の出どころを、はっきりさせなくてはなるまいよ」

玉置屋が御納戸方に納めているのは、白絹だ。どのような仕組みになっているのか、はっきりさせなくてはならない。そこで弐吉は、前に話を聞いた御納戸衆の跡取りを訪ねることにした。

御納戸方の屋敷を廻《まわ》ったとき、まともに相手をしてくれた若殿だ。他では門前払いをされた。

菓子折を買い入れて、弐吉は目当ての屋敷へ行った。そろそろ夕暮れどきといってもいい頃合いだ。

若殿を呼び出し、菓子折を差し出して頭を下げた。御用達から買い入れる品の納入について、あらましを教えてほしいと頼んだ。

「今、父上がおる。直《じか》に聞くがよかろう」

と告げられた。その方が詳しく聞けそうだが、話してもらえるのかどうか不安だった。

「札差が、何故それを知りたいのか」

現れた当主から、まずそれを訊《き》かれた。中年の、生真面目そうな侍だった。これは、問われるとは思っていた。

あらかじめ考えていたことを口にした。

「商いの仲間で、ご公儀の御用を足したいと願う者があります」

「まあ、多かろう」

なるほどという顔をした。不審に思う気配はなかった。

「一応、お聞かせいただければと」

「どこで調べるのか、御納戸方にもそういう者がやって来る。しかしそうかといって、得体の知れぬ者に出入りをさせるわけにはいかぬ」

「さようでございましょう。ただ納品とお支払いがどのようになされるのか、そのあたりをお教えいただければありがたく」

口を利いてくれと頼んでいるのではないと知らせた。それで納得をしたらしかった。

「公儀が買い入れる物品の購入値段は、あらかじめ定められた本途値段（公定価格）となっている（寛政四年から入札に移行）」

「では、実際の値より高いことも低いこともあるわけですね」

物の値は日々上下する。それを踏まえて確かめたのだ。

「そうなるな」

当然のことのように頷《うなず》いた。

安いときに仕入れておけば、商家の儲《もう》けは大きくなる。

「量については、いつも決まっているのでしょうか」

「おおむねそうだが、臨時で入用なこともある。急ぎで、無理して用立てさせることもあるぞ」

「最近もありましたか」

「うむ。今月になってからも五百反の白絹の入用があった」

「かなりの量だと思いますが、命じられた商家は納められたのですか」

「できなければ、他の店にする。公儀の御用を受ける者は、その程度の在庫がなくては役に立つまい」

なければ、どこかから小売値でも買い取って納めるということらしい。しかし公儀の御用達ともなれば、商いの基盤もしっかりしているだろうと察せられた。

「では、用立てたのはどちらで」

「玉置屋だった」

「さようで」

命じられて、すぐに納品を済ませたとか。たいへんであっても、安いときに仕入れていたのならば、儲けは大きそうだ。

「そのときも、本途値段でございますか」

「当然だ。不満だと言うなら、出入りの者を替えるだけだ」

「店を決めるのはどなた様で」

出入りの業者は、何軒もあると聞いている。

「御納戸頭だ」

組頭の黒崎からすれば、上司となる。

「では組頭様がお決めになるわけではないので」

「そうだがな、組頭は頭に具申することができる」

「なるほど」

「実際に商人《あきんど》に接するのは、組頭とその下の御納戸衆だからな」

「頭が直々に指図をなさることはないのですか」

「もちろんある。そのときは従えばいいだけの話だ」

おぼろげながら、御用を足す場面が窺《うかが》えた。商人は、公儀が定めた本途値段以上では売れない。高くして、利鞘《りざや》を取ることはできない仕組みだ。しかし安値で仕入れていて、本途値段が高くなっていたら利は大きい。

「ありがとうございました」

屋敷を出た弐吉は、笠倉屋へ戻る道筋にあった呉服屋に立ち寄った。店の中を覗《のぞ》いた。白絹にも正札がつけられているが、その値が高いのか安いのかは分からない。

そこで店先にいた手代に尋ねた。

「今、白絹の値は高いのでしょうか。下がっているのでしょうか」

「今は、だいぶ値上がりしていますね。うちは、値を抑えていますが」

弐吉は頷いた。もう一軒覗いたが、同じような値だった。

玉置屋に安値で仕入れた在庫があったら、利益は大きかったことになる。玉置屋の在庫状況を、黒崎や能見は知っていたのか。

知っていて、あえて玉置屋に命じたのならば、大きく儲けさせたことになる。帰り道、弐吉はなぜかと歩きながら考えた。

「おかしいぞ」

と思うからだ。玉置屋は、納期遅れというしくじりを犯していた。それにも拘《かか》わらず、五百反もの納品をさせた。

いくら頭を捻《ひね》っても、その理由は一つしか思いつかない。

「儲かった分の上前を、はねるということではないか」

玉置屋は、黒崎に助けられた。黒崎は後で利用することを計算に入れて助けたのだとしても、玉置屋にしてみれば救いとなった。弱みがある。

「こうしろ」

と命じられれば断れないだろう。

公儀御用達《ごようたし》から外れることはできない商いの状況だ。安く仕入れていたのならば、玉置屋にもそれなりの利益があったのではないか。

「何かがあるぞ」

という気持ちだ。黒崎と玉置屋が組んで、悪事を企《たくら》んでいる。白絹の納品が絡むならば、能見も一役買っているかもしれなかった。

確かな証《あかし》は何もないが、探ってみる価値はあると感じた。

「黒崎の卑怯《ひきょう》を、暴いてやる」

気持ちが昂《たかぶ》った。父弐助のことでは、どうすることもできない。ならばこれで、という腹だった。

二

弐吉は、蔵前橋通りまで戻ってきた。途中で、暮れ六つの鐘が鳴った。近頃は日が落ちるのが早くなって、一日が短くなったように感じる。

「弐吉さん」

声をかけられた。若い娘の声で、誰なのかすぐに分かった。お浦だった。

「どうしたのさ。ずいぶん怖い顔をして」

口に飴玉《あめだま》を押し込んできた。甘さが口中に広がり、張り詰めていた気持ちがすっと引いたのが分かった。

黒崎や玉置屋に企みがあるのは間違いないが、具体的なことは、何も摑《つか》めていない。慎重に当たっていかなくてはならないのは、これからだと思った。

気持ちが先走ってはいけない。

「ちょっと、考えごとをしていたんですよ」

「商いの話なの」

「それもありますけどね」

「ふーん。自分のことなんだ」

「まあ、おとっつぁんのことで」

つい言ってしまった。口中の飴の甘さが、気持ちを緩めたのかもしれないと思った。

「おとっつぁんもおっかさんも、もういないんでしょ」

その話は、前にしたことがある。

「両方亡くなって、奉公をしたんですよ」

「そうか。だから弐吉さんは、藪《やぶ》入りのときでもお店にいたんだね」

魂消《たまげ》た。お浦がそういうところを見ていたとは、気が付かなかった。

弐吉には、藪入りでも行くところがなかったのは間違いない。他の小僧は、嬉《うれ》しそうに出て行った。

寂しいとは考えないようにした。その分、父親を死に至らせた侍に怒りと恨みを向けてきた。その侍を捜そうとしたこともあったが、その頃は何もできなかった。

「弐吉さんも、奉公するにはいろいろと事情があったんだね」

「…………」

答えるつもりはなかったが、心情を慮《おもんぱか》ってくれたのは分かった。とはいえさらに問いかけてはこなかった。

「考えていたことが、うまくいくといいね」

言い残すと、お浦は立ち去って行った。

小料理屋雪洞ではすでに明かりが灯《とも》って、商いを始めていた。お浦にも、店での役目があった。長話はできないのだろう。

店へ戻った弐吉は、聞き込んだことを清蔵に伝えた。

「白絹の売り買いの中で行われる不正なのは、間違いないと思います」

「どのようなことが、考えられるか。黒崎や篠田の身になって考えてみろ」

そう言われて弐吉は、店までの道々で考えて来たことを口にした。

「支払いは、公儀の勘定方がすると思われます。その段階で、黒崎様が関わる余地はないと思われます」

札差《ふださし》に奉公して何年にもなるから、公儀にどのような役目があるか大まかなことは知っていた。

「うむ」

「払いを受けた後、その量にしたがって、儲《もう》けの何割かを出させるのではないでしょうか」

「そんなところだろう」

清蔵も、同じ考えらしかった。

「となるとこのやり取りは黒崎様と玉置屋とのやり取りとなります。代金が支払われた後の話なので、公儀は関わらないとなるのでしょうか」

悪事として捕らえることはできないのではないかという疑問だ。それでは、弐吉にとっては収まりがつかない。

「そうではあるまい。公儀に納める品を使って、御用達の商人《あきんど》から金品を得るのは立派な収賄だ」

「ならば玉置屋は贈賄となりますね」

「そうなる。どちらも、ただでは済むまい。公儀の品というところが大きい。公儀の品を扱ってのことだからな」

これでほっとした。公儀の品というところが大きい。黒崎が職権を乱用して高額の金子《きんす》を得ているとなったら、重い処罰を受ける。

「そこで能見様だが、どういう役割をしているのか」

「はっきりさせなくてはいけませんね」

「黒崎様が能見様に肩入れするのには、それなりの働きがあるからだ」

これが、調べようとした最初の動機だった。

「それを当たってみます」

弐吉は答えた。それから台所へ行った。手代や小僧たちが食事をしていたが、猪作の姿が見えなかった。店にもいなかった。

小僧の太助《たすけ》に訊《き》くと、猪作は店を閉めた後で貞太郎とどこかへ出かけて行ったのだとか。酒でも飲みに行ったのか。

憂さ晴らしなのかもしれないが、貞太郎はそれどころではないだろうと腹立たしい気持ちになった。

食事の後、台所にお文がいたので弐吉は声をかけた。助次郎が来た件については、その後どうなっているのか気になったが、尋ねることはできなかった。お文も、何も言わない。

弐吉は、今日聞き込んだ大まかを伝えた。

「すると能見様も、玉置屋から金子を得ているのでしょうか」

聞き終えたお文は言った。娘の祝言のために十両を欲しいと言っていた。黒崎の口添えがあっての金談だったから、笠倉屋としては無理して五両を融通した。

その後どうなったかは気になっていた。黒崎や能見からは、何も言ってきていなかった。

それからお文は、お澄が笠倉屋まで来て、店の様子を見ていたことを話してよこした。

「若旦那《わかだんな》に会いたかったのですね」

誰よりも頼りにしたい相手が、顔を見せない。

「胸の内を知りたかったのでしょう」

弐吉には貞太郎の不実とだらしのなさは見えているが、お澄は気づかなかったと思われる。貞太郎が、隠していたということか。

「気持ちが乱れていたのかと」

とお文は続けた。

三

翌日弐吉は、朝から店に出て対談に当たった。現れた札旦那の事情を聞いてやり、貸せる金額を探って行く。

貞太郎は、帖付《ちょうづ》けをしている。やる気のなさそうな顔だが、店から逃げ出してどこかへ行ってしまうことはさすがにできない様子だった。尻《しり》を捲《まく》ってしまうほどの気概はない。それがあったら、笠倉屋を出ている。

とはいえ置かれている状況が、何も分からないほどの愚か者でもなかった。笠倉屋から出たら、己が何者でもないことだけは分かっている。そこが卑怯《ひきょう》で臆病《おくびょう》者だと、弐吉は考える。

お文は見る限りでは、何事もないように過ごしている。助次郎のことは、誰も話題にしなかった。お文の身の上に起こったことだから、奉公人たちは話題にしてもよさそうだがしない。お狛やお徳から出た話だと分かっているからだ。余計なことを口にして叱られては間尺に合わない。

昨日からお狛とお徳は、不機嫌そうだ。貞太郎は近寄らない様子だった。

笠倉屋の商いはいつものように始まったが、店の中にはどこか重苦しさが漂っていた。

弐吉が二人目に相手をしたのは、牧瀬《まきせ》という家禄《かろく》二百俵の御小普請奉行を務める札旦那だった。能見とは同じ年頃で、対談の順番を待っているときにはよく話をしていたのを思い出した。

牧瀬との金談は、厄介なものではなかった。すんなりと申し出の金額を貸すことができたのである。

ここで弐吉は雑談のように、能見を話題にした。

「お親しい様子ですが」

「うむ。我らは、姻戚《いんせき》の関係でな」

牧瀬の妻女と能見の妻女は、姉妹なのだとか。

「ならばお暮らしの様子も、お分かりになりますね」

「まあな」

能見の娘の、祝言の話をした。嫁入りの支度も、順調に進んでいるらしいという話である。

「めでたいことだ。安堵《あんど》したであろう」

そこでお役目についての話を持ち出した。

「御納戸衆というのは物品を扱うので、手間のかかる細かい仕事なのでございましょうね」

と話した。役目の内容が分かるならば、聞いておきたい。

「そうであろう。商人が相手だからな」

「御普請といえば、何をなさるかおおよその見当がつきますが、御納戸となるとよく分かりません」

教えてもらえるかと続けた。

「その方は、どういうお役目だと思うのか」

逆に尋ねられた。

「納戸といえば、日頃使わない衣類や家具、調度品などを置いておく部屋だと思えますが」

「なるほど。だがそうではない。能見は将軍家に入用な品々を検《あらた》め、納めさせる役目だ」

「はあ」

それだけでは、よく分からない。

「必要な品を調達するだけではない。その業者を定めねばならぬ。万に一つも落度があってはならぬからな」

「まさしく」

「さらに誰が何をどれだけ納めたか、どれだけの品が下賜されたかを記録しておくお役目だと聞いたぞ」

買い入れた価格も、記録に残すのだとか。

「たいへんそうですね」

「それはそうだ。御用達《ごようたし》とはいっても、三軒や四軒ではない。すべてだからな」

「ならば支払われた金子《きんす》の流れを、見張っているお役目ですね」

「そうだ。能見殿は白絹を検めている」

能見と牧瀬は、己が関わるお役目について、折につけ話しているらしかった。それで玉置屋が関わる理由が分かった。

いったんは、金子が玉置屋へ入る。

「流れを見張るだけではないぞ」

「他に、何がありますんで」

「納品をする商人《あきんど》を選び、組頭に伝える」

「そうでした。組頭は、御納戸頭に上申して決まるわけでしたね。もし組頭の上申を、御納戸頭が拒絶をしたらどうなるのですか」

「御納戸頭はよほどのことがない限り、組頭が挙げてきた者を認めぬということはない」

強く推したい業者がいる場合は、事前に伝えられる。

「では白絹納入の業者選定は、能見様と組頭がなさるわけですね」

心の臓が熱くなり、その血が体中へ流れて行く気がした。能見と黒崎が、業者選定をしていたことになる。

　同じ御用達でも、納品の量を減らされたり、臨時の大口を納められなくなったりした京橋尾張町の山城屋が、不満を持つのは当然だと察せられた。

「しかしな、瑕疵《かし》ある品が交っていた場合や、納期に遅れた場合は、業者を選んだ者の責となる」

「なるほど」

「それはそれでたいへんだ」

「御役人様も、心労の多いことで」

　弐吉は口ではそういったが、畏《おそ》れ入ったわけではなかった。玉置屋は、納品が期日の翌日になったことがある。

　黒崎と能見が、事を荒立てず処理をしたのだ。玉置屋には、それを恩に着せているると察せられた。

　牧瀬を帰らせたところで、弐吉は耳にしたことを清蔵に伝えた。

「そうか。黒崎様や能見様は、玉置屋が受け取った納品の代の中から、金子を受け取っていると考えられるわけだな」

「はい。それ以外に、金子が入る手立てはないかと」

「うむ。玉置屋には、貸しもあるわけだからな」

「出させた金子は、猟官のための贈答品購入や娘の祝言に、使うことができます。先日の五百反の納品では、少なくない金子が懐に入ったのではないでしょうか」

「白絹の他にも、同じようなことをしているかもしれぬな」

黒崎が扱う範囲は広い。そのあたりは、まだ分からなかった。ともあれ、黒崎と能見の役割が見えた気がした。

四

常磐津《ときわず》の稽古《けいこ》に来ていた娘二人が引き上げた。深川富岡八幡宮の祭礼がいよいよ今日十四日から始まった。

二人はこれから出かけるということで、どこかそわそわしていた。道行く人の、はしゃいだ声が聞こえる。しんと静かになった部屋は、どこか寒々しかった。

お澄は去年の富岡八幡宮の祭礼へ行ったときのことを、思い出していた。それだけで胸が痛くなる。

知り合って間のなかった貞太郎に誘われて、出かけたのである。

「楽しそうだ。一緒に、行きませんか」

初めての誘いだった。二人で出かけた。境内で、濡《ぬ》れたような満月を見上げた。

「兎が搗《つ》いた餅《もち》を、二人で食べたいねえ」

たわいもない話が、楽しかった。奉納の能や狂言も見た。

その半年前くらいから、貞太郎は常磐津の稽古にやって来ていた。

「お澄さんの声には、聞き惚《ほ》れますね」

やって来た最初に、そう言って笑顔を見せた。身に着けているのは極上の絹物で、羽振りがよさそうだった。蔵前の札差《ふださし》の跡取りだと聞いて、なるほどと思った。

とはいえ、それをひけらかすこともなかった。

「いいお弟子じゃないか。逃がしちゃいけないよ」

今でも通っている常磐津の師匠に話をすると、そう言われた。お澄は、銭金が欲しかったわけではなかった。食べるだけならば、どうにかなる。それよりも貞太郎がしてくれる気遣いが嬉《うれ》しかった。

六年前の十八歳の時に、京橋の海産物屋の隠居の囲われ者になった。お澄の亡き母親も常磐津の師匠をしていたが、母親は病がちで治療費が必要だった。

父親はどこかの大店《おおだな》の主人で、母親もその囲われ者だった。しかし父親が亡くなると、母親は一時金を握らせられ、以後店に出入りすることを禁じられた。母親が病になって、医薬に銭がかかった。

暮らしを守る手立ては、お澄が囲われ者になるしかなかった。

一年半前に旦那《だんな》に死なれ、北新堀町のしもた屋を貰《もら》って、ここで常磐津指南の看板をぶら下げた。旦那を亡くしたからといって、また囲われ者になろうとは考えなかった。このときには、母親もすでに亡くなっていた。

ただ先のことは分からない。自分の体目当ての、常磐津などやる気のない旦那衆もやって来た。なびかないと知ると、すぐに去った。

貞太郎は、そうではなかった。三味線も常磐津も、好きらしかった。稽古を休まないので、上達した。

そして去年の富岡八幡宮祭礼の日、十五夜の観月に誘われた。嬉しかった。

当日は、家まで迎えに来てくれた。胸がときめいた。

「お詣《まい》りをして月見をしたら、料理屋へ行こう。話はつけてあるからね」

そこで初めて、手を握られた。

料理屋では、庭に面した床の間付きの部屋に通された。そこからも満月が見えた。

料理はおいしかった。

そして二か月後、やって来た貞太郎から真顔で言われた。

「札差の女房になるのは、嫌かね」

体が震えた。相手が貞太郎ならば、囲い者でもいいと思っていた。そうではない話だった。

「おとっつぁんとおっかさんに、折を見て話すから」

その言葉を、信じたかった。

その後も逢瀬を重ねていたが、今年の夏頃になって、月のものがなくなっていることに気がついた。

もともと不順だったが、それとは違うと思って、産婆のお種《たね》を訪ねた。人目があるので、近くの産婆は避けた。お種は歳老いていたが、北新堀町からはやや離れた日本橋松島町《まつしまちょう》では、評判のいい産婆だった。

「三か月だね」

と言われた。二か月前のことだ。

すぐに貞太郎に伝えたいと思ったが、不安があった。近頃になって、稽古を休むようになったからだ。自分を求めることも少なくなっていた。

今年は、富岡八幡宮の祭礼に行こうとも告げられない。

迷っているうちに、お腹の子は育った。それで先日、思い切って伝えた。

貞太郎は、喜んではくれなかった。戸惑う様子を見せただけだった。

何がしかの希望があったから、打ちのめされた。その日の貞太郎は、これまでとは別人のようだった。

「何とかする」

やっと出て来たのは、その言葉だった。どう何とかするのか、はっきりとは話さない。だから怖かった。

昨日はじっとしていられず、笠倉屋まで出向いてしまった。けれども声をかけることはできなかった。

昨日も今日も、貞太郎は姿を見せない。

夕暮れどきになった。

「ごめんなさいまし」

男の声がした。貞太郎ではないので、がっかりした。ひょっとしたら、訪ねて来てくれるのではないかと期待していた。

聞き覚えのない声で、稽古を望む者かと思った。戸を開けて入って来たのは、二十歳前後の商家の手代といった外見の者だった。手に、風呂敷《ふろしき》包みを持っている。

「お澄さんですね」

相手は丁寧に頭を下げた。

「そうです」

「私は笠倉屋の手代で、猪作という者です。お澄さんにお話がしたくて、参りました」

と切り出した。貞太郎が来るのではなく、使いの者が来たのは驚きだった。

「どうぞ」

中に上げた。向かい合って座ると、猪作と名乗った男は、風呂敷を開けて中から白絹三反を出して差し出した。

「お納めくださいまし」

丁寧ではあっても、その中に冷ややかなものが潜んでいた。

「どうしてこれを」

受け取るいわれはない。

「そうおっしゃらず。まずは私の話を聞いてください」

この言葉で、これから口にする内容が、自分が望むものでないとお澄は察した。

白絹にはちらと目をやっただけで、猪作に目をやり次の言葉を待った。

「お澄さんは前に、海産物屋のご隠居のお世話になっていたとか」

目つき物言いに、わずかだが蔑《さげす》む気配を感じた。

「そうです」

隠すつもりはない。貞太郎には話していた。

「気にしなくていい」

そのときは、そう言ってくれた。この言葉が、頼もしく感じた。

「笠倉屋は、蔵前橋通りでは名の知られた、ご直参《じきさん》を相手にする老舗《しにせ》の札差です」

「…………」

「囲われ者だった方が、店に入っていただくわけにはいきません」

躊躇《ためら》いのない口調で言っていた。そうくるだろうとは思ったが、はっきり言葉にされると胸に響いた。

「別に、お店に入れなくたって」

何とか口にした。おっかさんもそうだったから、同じでいいと思った。

「そうはおっしゃられてもねえ」

少し口調が変わった。くだけた言い方で、ふてぶてしさを感じた。そこでお澄は問いかけた。

「貞太郎さんは、どう考えているのでしょうか」

ここを聞いておきたかった。

「困っておいでです」

と告げられて、胸に込み上げるものがあった。

「どう、困っているのでしょう」

涙が出そうになったが、腹に力を入れて問いかけた。目の前の男に、涙を見せるわけにはいかない。

「言葉では、尽くし切れませんねえ」

自身が来るのではなく、使いの者を寄《よ》こした。それが貞太郎の気持ちだと分かった。

「では、どうしたらいいのでしょう」

「中条流という手があります」

さらっと返してきた。堕《お》ろせということだ。狡《ずる》そうな目をしていると思った。さらに続けた。

「腹が決まれば、ご手配をいたします」

そうか、これを言いたかったのかと分かった。心の臓が、冷たい手で握られたような気持ちだった。

猪作は、懐から折ってある懐紙を取り出した。それを白絹の上に置いて、紙を開いた。

何かと目をやると、小判が三枚現れた。

「とりあえずのものです。お納めください。残りは後日、ご相談いたしましょう」

猪作はそれで、腰を浮かせた。告げるべきことは告げたということらしい。こちらの考えを、訊《き》こうとはしていなかった。

「持ち帰ってください」

お澄は反物と金子《きんす》を押し返して告げた。

「おまえの言う通りになど、なるものか」

と思っていた。

「まあまあ、お考え下さい」

猪作は、お澄にはそれ以上は何も言わせぬまま、引き上げて行った。

一人きりになった部屋でじっとしていると、堪《こら》えていた涙が溢《あふ》れてきた。堪えようとしても堪えられない。声を放って泣いた。

何よりも無念なのは、貞太郎に気持ちがないことだった。

五

富岡八幡宮の祭礼が始まって、道行く者の中には、どことなく浮かれた気分があった。股引《ももひき》に雪駄《せった》履き、祭の法被を身に着けた若い衆が、捩《ね》じり鉢巻きをして誇らしげに通りを歩いて行く。

町ではかっぱらいや酔っぱらいの喧嘩《けんか》など、小さないざこざがいくつもあった。祭で、浮足立っている者が多かった。

冬太はその始末に付き合わされて、町廻《まちまわ》りが終わるのが、いつもよりも遅くなった。

一人になってから、玉置屋へ足を向けた。

「黒崎だけでなく、御納戸衆の能見彦兵衛は、何らかの袖《そで》の下を玉置屋から得ているのではないか」

それは昨夜、弐吉とした打ち合わせで聞いた。分かったことについては、毎晩伝え合っていた。

店の前にいた小僧に、冬太は訊いてみた。軒下に祭の提灯《ちょうちん》をぶら下げた商家は、まだ戸を開けている。とはいえ小僧は、祭が気になっても出かけることができない。法被姿の若い衆を、羨《うらや》まし気に見ていた。

「ご直参の能見様を知っているな」

「へえ」

「今月になってからは、いつ来たか」

「ええと、今月の十日くらいだったと思います」

しばらく首を傾げる仕ぐさをしてから答えた。黒崎や篠田と共に、笠倉屋へ金談にやって来たときより後になる。一人でやって来て、奥の部屋で、主人や番頭と話をしたそうな。

「能見様のご機嫌は」

「お見えになったときは厳しいお顔でしたが、お帰りになるときはよろしかったようで」

「何があったのだろうか」

見当はつくが、訊いてみた。

「さあ。ああ、御納戸方への納品がありました。白絹五百反でございます」

「五百反というのは、なかなかの量ではないか」

「ええ。いっぺんにですから、たいへんでした」

小僧や手代は、梱包《こんぽう》した五百反を荷車で運んだそうな。

「そのときは、能見様は何かなさるのか」

「倉庫前においでになって、品物の質と数をお検《あらた》めになります」

それ自体は、当然の役目だろう。能見はその後日、一人で店にやって来た。そして満足して帰ったことになる。

能見は笠倉屋で無理な借り入れを求め、十両求めていたが、五両で話をつけさせられた。その後に、玉置屋へ来たことになる。まったく当てがなければやっては来ない。ここへ来れば、どうにかなりそうな当てがあったからだ。

そこで手代にも問いかけをした。

「ええ、能見様はおいでになりました。ただ話の内容は、私には分かりません」

小僧よりも、慎重だった。腰に十手を差していたから、それだけは答えたのだと察せられた。

冬太はそれから、下柳原同朋町へ足を向けた。笹尾という料理屋へ向かったのである。

先日は中西道場で黒崎と篠田の面通しをしたが、その後で二人は玉置屋の接待を受けた。この件については、まだ当たっていなかった。

「はて」

歩いていると、誰かにつけられているような気がした。玉置屋を離れてからのことだ。荒物屋の店頭の品を検めるふりをしながら、背後の道に目をやった。

不審な者の気配は感じられなかった。

冬太は料理屋笹尾の前に立った。おかみを呼び出し、問いかけを行った。

腰の十手に手を触れさせながらだ。

「ええ。玉置屋さんは黒崎さまを何度か招いていらっしゃいます」

特にこの一年くらいのことで、仙之助だけで招くこともあった。仙之助の商いに関する権限は、主人と同じくらいあるのかもしれなかった。

「能見というお侍が一緒のことはないか」

「ありました」

すぐに思い出した。ただ何を話していたかは分からないと告げた。耳にしていても、客のやり取りなど、いきなり現れた同心の手先には話さないのかもしれない。

覚えていないと言われれば、それまでだ。

具体的なことは知れないが、能見も接待を受けたことがあるとなると、三者の繋《つな》がりは深そうだ。

店の外に出た。神田川の河岸道を歩いてゆく。土手の白や黄色の小菊が、川風に小さく揺れていた。

そこでいきなり目の前に、深編笠《ふかあみがさ》の浪人者が立ち塞《ふさ》がった。周囲に、人の気配がなくなったところでだ。

「その方、何を探っている」

押し殺したような声だが、凄《すご》みはあった。腰に十手を差していても、遠慮をする気配はなかった。

返答によっては、何をするか分からない凶暴なものを感じた。

「旦那《だんな》は、玉置屋の用心棒の澤田様ですね」

冬太は、思いついたことを口にした。声が掠《かす》れているのが分かった。侍は名を告げられて、わずかに身じろぎをした。

浪人者は返事をせず、腰の刀に手を触れさせた。名を呼ばれたことで、かえって不審を強めたらしかった。

恐怖が、冬太の全身を駆け抜けた。脅されるだけならばともかく、斬り殺されてはかなわない。

腹に力を入れて、じりじりと後ろへ下がった。一気に後ろへ下がると、ばっさりやられそうだ。前にも出られない。

まともに向かっては、逃げられるすべはなさそうだ。

「人殺しだ」

大きな声を出した。自然に口から出ていた。叫ぼうと考えたわけではなかった。

「うっ」

それで相手はたじろいだ。その隙を逃さない。

後ろを振り向いて、全力で走った。足には自信があった。

「待て」

追いかけて来る。今にも、追いつかれそうだ。どうなることか、気が気ではなかった。

どうにか、人気《ひとけ》のある所へ出た。それで追ってくる足音が消えた。何とか逃げおおせてほっとした。

玉置屋で、小僧や手代に問いかけをした。それがあったから、つけてきたのだと推量した。

これで向こうも、こちらが探っていることに気が付いたか。慎重に動かなくてはならないと思った。

六

富岡八幡宮の祭礼も二日目、十五夜観月の日となった。祭はいよいよ盛り上がっている。この日も、笠倉屋には札旦那が金談のために姿を見せた。待っている間にする話題は、祭の話ばかりになった。

「倅《せがれ》に、月見の団子くらいは食わせてやりたいではないか」

そう言って、百文を借りていった札旦那がいた。家禄《かろく》二十俵の者だ。祭や観月は、家格や貧富に拘《かか》わらず、それぞれが分に応じて楽しめる。

猪作や弐吉ら手代たちは、いつものように札旦那の応対に当たった。

お文は台所の連子窓のところに芒《すすき》を供え、昼飯の後に十五夜の団子を拵《こしら》えた。

奉公人たちには祭礼も十五夜もない。ただ笠倉屋では、月に供える団子を拵えて、夕食の折に奉公人たちに食べさせた。

小僧はもちろん、手代たちも喜んだ。

お澄のことが頭にあって、どうなることかとお文は落ち着かない。さすがに貞太郎は吉原に繰り出すことはないが、商いに精を出す気配はなかった。

昨日は夕方になって、猪作が一人で出かけ、五つ（午後八時頃）近くになって貞太郎と二人で店に帰ってきた。どこかで待ち合わせて、酒を飲んだらしかった。

いい気なものだと思うが、お文にはどうすることもできない。歯痒《けはゆ》い気持ちだった。

「今日は、これを着たらいい」

お狛が、自分の若い頃に身につけた着物だとして、差し出してよこした。貞太郎が孕《はら》ませた赤子の話を聞いた直後は荒れたが、今日はだいぶ機嫌が戻っていた。

お文は霊岸島の酒問屋播磨屋の次男坊助次郎と富岡八幡宮へ出向き、十五夜観月を楽しむことになっていた。奉納の能や狂言が催されるらしい。

助次郎に誘われ、お狛やお徳が賛同してこうなった。

商いにも熱心で、気配りもしてくれる人だと思った。誘われたときには、行くのが嫌ではなかった。

生まれ在所にいたときは、豪農の跡取りとの間に祝言の話が出たが、相手は身勝手で傲慢《ごうまん》な者だった。助次郎は、それとは違う雰囲気の者だと思った。

ただ先日、浅草御門まで送った折に、寄ってきた老爺《ろうや》の物貰《ものもら》いを突き飛ばした。相手もしつこかったが、助次郎は乱暴な扱いをした。潜んでいた冷酷さが見えた気がして、富岡八幡宮へ出かけることが気の重いものになっていた。

お狛が身につけろと言って出してくれた着物と帯は極上の品だが、弾んだ気持ちにはならなかった。

「嬉《うれ》しくないのかい」

お文の表情を見て、不満そうな口ぶりになった。

「いえ。ありがとうございます」

そう言ってごまかした。

「今日は上天気だから、満月はさぞかし美しかろう」

誰かが言った。十五日は、放生会も各地で行われた。捕らえられている虫や魚、鳥などの生きものを解放して自由にする法会で、罪滅ぼしの意味もあった。

夕食の指図を済ませたお文は、着物を替えた。

「なかなかいいじゃないか」

「女っぷりが、上がったよ」

お狛とお徳が言った。清蔵は何も言わなかった。お文の気が進まないと、察しているのかもしれない。

貞太郎は帳場にいて、算盤《そろばん》を弾《はじ》いていた。弐吉と猪作は店を閉じるための指図を小僧たちにしている。

お文は薄闇の中を、提灯《ちょうちん》を手にして、助次郎と待ち合わせた新大橋西詰《しんおおはしにしづめ》の橋袂《たもと》へ向かった。

途中、道端で放生会のための小鳥を売っている老人がいた。人が集まっている。一羽の小鳥が飛び立ち、「わあ」と声が上がった。

富岡八幡宮へ向かうらしい若い職人ふうが数人、お文を追い越していった。

「おまえも小鳥を買って、日頃の罪滅ぼしをしたらいい」

「何を言うか。おまえならば、十羽以上も買わなくてはなるまい」

楽し気な口調で話している。すでに薄暗くなってはいたが、約束の刻限にはまだ少し間があった。

お文は北新堀町のお澄の様子を見て行こうと考えた。待ち合わせの新大橋へ行くには、たいした寄り道にはならない。

木戸の前に立つと、家に明かりは灯《とも》っていなかった。ただ扉を押すと、中に入れた。

「お澄さん」

留守かと思ったが、一応声をかけた。返答がないので、留守かと考えた。けれどもそこで、呻《うめ》き声のようなものを耳にした。

庭の方からだ。それで行ってみて、息を呑《の》んだ。

縁側下の踏み石のところで、女が蹲《うずくま》っている。提灯で照らすと、お澄だと分かった。

「ど、どうしたの」

駆け寄ったところで、血のにおいがした。お澄は顔を歪《ゆが》め、腹に手を当てていた。尻餅《しりもち》をついたような、おかしな体勢だ。

「これは」

縁側から踏み石に向かって、尻餅をつくような形で飛び降りたのだと見当がついた。赤子を堕《お》ろそうとしたのだ。

「何という、無茶なことを」

と思ったが、責めている暇はない。

「しっかりして」

抱き起こして、部屋へ入れた。

「産婆さんは誰」

耳元へ口を寄せて訊《き》いた。

「松島町のお種さん」

お澄は顔を歪めたまま、やっといった様子で答えた。

このままにはできない。お文は通りに出て、隣の商家に駆けこんだ。

お澄の様子を話し、森田町の札差笠倉屋と松島町の産婆お種に事情を伝えてほしいと頼んだ。

「お願いします」

「よし」

若い衆が駆け出していった。隣家の女房も来てくれて、寝床を敷いてお澄を寝かせた。

これからどうなるのか、見当もつかない。とんでもないことになっているのは分かるから、お文は体が震えた。

そろそろ暮れ六つの鐘が鳴る頃だと思われた。店は閉じられ、掃除も済んだ。笠倉屋では、奉公人もこれから夕餉《ゆうげ》というところだった。

小僧たちは、団子を楽しみにしている。甘い黄な粉が添えられる。弐吉も、お文が丸めた団子を食べたかった。

貞太郎は、お狛やお徳と縁側で月見の宴をするらしかった。親戚《しんせき》の者も姿を見せて、酒の用意ができていた。

「とんでもないことになりました」

そこへ北新堀町から来たという若い衆が駆け込んで来た。店にいた者たちが、事情を聞いた。

「お澄さんの容態は」

清蔵が問いかけた。

「よくないようで。ここへ来る途中に、産婆のお種さんに声をかけてきました」

すぐに動かなくてはいけない。貞太郎に目を向けると、蒼《あお》ざめた顔で立ち尽くしていた。何が起こったか、分かってのことだ。

「若旦那《わかだんな》、行ってください」

弐吉は声をかけた。

「いや、私は。観月のお客さんも来ているし」

躊躇《ためら》う様子だ。たいへんなことになっているらしいことは、駆けつけてきた若い衆の様子で察しがつく。すぐにも駆けていかなくてはならないところだろうと、弐吉は歯痒かった。

騒ぎに気付いたお狛が出て来た。

「貞太郎は、行かなくていい」

はっきり言った。

「そ、そうですね」

ほっとした顔をした。解決したわけではないのに、体から力が抜けたのが見て取れた。

とはいえ、そのままにはできない。

「弐吉、まずはお前が行け」

清蔵が言った。誰かが行くのが当然だ。

「はい」

弐吉は金左衛門から、銀六十匁（約一両）を手渡された。当座の費用だ。懐に押し込んで店を飛び出した。

「くそっ。ふざけやがって」

怒りが、腹の底から込み上げてくる。貞太郎の狡《ずる》さとお狛の薄情さに対してだ。お澄がそこまでのことをしたのには、それ相応の思いがあったからだ。お狛やお徳、それに貞太郎は、まったく向き合おうとしなかった。

また母子の体に、大きな危険が迫っている。行って何ができるか分からない。それでも弐吉は、夜の道を必死で駆けた。

第四章　肩衝《かたつき》茶入れ

一

弐吉と知らせに来た若い衆は、浅草橋を南へ渡り、休まず駆けて浜町《はまちょう》河岸へ出た。月を眺めて立ち止まる人を避《よ》けて進んだ。

いつもよりも道にいる者が多くて、走るのには邪魔だった。月に見とれている者は、こちらに気が付かない。

何度か、ぶつかりそうになった。

お文は、助次郎に誘われた富岡八幡宮での観月のために店を出たが、お澄のことが気になって立ち寄ったのだと推察できた。ちょっとのつもりで寄ったのだろうが、とんでもない出来事に遭遇した。

驚き慌てたに違いない。何ができるか分からないが、お文の傍にいたいという気持ちは強かった。

使いの若い衆から、産婆は六十過ぎの婆さんだと聞いた。そこで松島町の住まいに立ち寄ることにした。

さして遠回りにはならない。少しでも早くとの思いだ。出た後ならば、それでよかった。

お種は提灯《ちょうちん》と風呂敷《ふろしき》包みを抱えて、家を出たところだった。足元がおぼつかない。よろよろしている。これでは急げない。

「背負います。しっかり摑《つか》まってください」

駆け寄って告げた。

「ああ、助かるよ」

弐吉がお種を背負い、若い衆が荷物を持った。

走り出した。揺れが激しいからか、婆さんはしがみついてくる。意外に重かった。

手にした提灯が、大きく揺れた。

「助かるでしょうか」

「診なくちゃ分からないよ」

お澄にしたら、思い余ってしたことと想像がつくが、弐吉としては母子ともに助けたかった。

お澄の住まいに辿《たど》り着くと、お文が飛び出してきた。

「助けてあげてください」

産婆に、悲鳴のような声で訴えた。

二間しかないらしい。勝手が分かっている様子で、上がり込んだお種はすぐに奥の部屋へ入った。

「しっかりおし」

気丈な声をかけた。

「とりあえず、湯を沸かしてもらうよ」

弐吉はそう告げられた。台所へ行って、竈《かまど》に火を熾《おこ》した。お澄らのいる部屋の様子が気になった。

「ゆっくり息を吸って、ゆっくり吐き出すんだ」

産婆の声とお澄の呻《うめ》き声が聞こえてきた。男の弐吉は、どうしようもない気持ちで待つしかなかった。

断続的に、お澄の呻き声が聞こえてくる。

そうやってじっとしていると、貞太郎に対する怒りが、ふつふつと湧いてきた。

「今頃は月見の客たちと、笑いながら酒を飲んでいるのか」

声になって出た。そしてお文が、富岡八幡宮へ観月に行く予定だったことを思い出した。

「行かなかったのか」

すっぽかしたことになる。お種がやって来たところで引き上げることはできたが、お文はそれをしなかった。

忘れたのかと考えたが、それはあり得ないと思った。遅れても行こうとすればできた。自分の気持ちで、行かなかったのだと受け取った。

お澄の体の方が大事だということだ。

待つ間は長い。どれほどときが経っただろうか、お文が姿を見せた。無念の表情だ。

「赤子は、流れました」

「お澄さんは」

「一命は取り留めたようです」

せめてものことだが、よかったとは言えない。弐吉は言葉を呑《の》み込んだ。

部屋に戻ったお文が、囁《ささや》き声で何か言っている。慰めているのか。すすり泣く声が、襖《ふすま》の向こうから聞こえた。

さらに四半刻《しはんとき》ほどして、お文はこちらの部屋へやって来た。

「私が、こちらに泊まります。こんなことになって、笠倉屋の者が誰もいないというわけにはいかないでしょう」

当然だと思った。

弐吉が残ってもよかったが、男では役に立たない。それに誰かが見張っていないと、万一、お澄が自ら命を絶ってしまうようなことがあったら、取り返しがつかないことになる。

「弐吉さんは笠倉屋へ戻って、顚末《てんまつ》を伝えてください」

貞太郎は狡《ずる》くて卑怯《ひきょう》者だが、小心者でもある。酒を飲んでいても、心のどこかでは気にしているだろう。店に戻ることにした。

「助次郎さんには、ご無礼なことになりました。でも分かってくれるでしょう」

初めてそのことを話題にした。やはり忘れてはいなかったようだ。

弐吉はそれから、笠倉屋へ駆け戻った。店には明かりが灯《とも》されていた。帳場には、金左衛門と清蔵がいた。戻るのを待っていたのだろう。

「どうだった」

金左衛門が、向こうから声をかけてきた。報告をしようとしたところで、貞太郎が、そしてお狛とお徳も姿を見せた。

店の隅には、猪作の姿もあった。

「残念ながら」

弐吉は、お文と産婆が看護に当たったが、子どもは流れたことを伝えた。

「じゃあ女は、自分で子を流したわけだね」

お狛が、念を押すように言った。心の動揺はほとんど感じられなかった。確かめる言い方だった。お澄と、名を呼ぶことはしなかった。

「切餅《きりもち》一つ（二十五両）もやればいいじゃないか」

お徳がそれに続けた。ほっとした面持ちだった。そして二人は、奥の部屋へ行ってしまった。

お澄の体の具合については、何も尋ねなかった。

貞太郎は肩を落とし、呆然《ぼうぜん》としたような表情でいた。何か言うかとも思ったが、口を開かない。

「金だけでは済むまい」

「そうですね。身の立つようにしてやらなくてはならないでしょう」

金左衛門の言葉に清蔵が続けた。二人とも、沈痛な面持ちだ。ここで貞太郎が、ようやく言葉を漏らした。

「よかった」

しゃがれ声だ。

弐吉は耳を疑った。しかし貞太郎の顔には、明らかに安堵《あんど》の表情が浮かんでいる。目に涙をためていたが、それは我が子を失ったからではなかった。

堪《こら》え切れなくなった弐吉は、貞太郎に言った。

「流れた子は、まぎれもない若旦那《わかだんな》の子です。それで本当によかったのですか。自分の子を片付けて、満足なのですか」

貞太郎は、驚愕《きょうがく》の目を弐吉に向けた。何かを言おうとしたが口に出すことができず、悔しそうな目を向けて唇を噛《か》んだ。

後悔や反省はしていない。ただ奉公人ふぜいに言い負かされたことが悔しいといった顔だった。

「若旦那に、何という無礼なことを言うんだ。そんなやつは笠倉屋に置いてはおけないぞ」

猪作が返した。強い口調で、誇らしげな言い方にさえ聞こえた。

「何を言うか」

と思って、握り拳《こぶし》に力を込めた。

「笠倉屋の血筋の子を、流したのだぞ。それをおまえはよしとするのか」

清蔵が、猪作に言った。腹に据えかねたのだろう。清蔵が怒りを面《おもて》に出すのは珍しかった。金左衛門も、冷ややかな目を向けていた。

「えっ」

猪作にしてみれば、思いがけない言葉だったのかもしれない。店の役に立ったとでも考えていたのかもしれなかった。

こうなると猪作は、言葉を返せなかった。目をぱちくりさせただけだった。

二

翌朝、無事に一夜を過ごしたといって、お文が笠倉屋へ戻って来た。弐吉が小僧に指図して、店の戸を開けたばかりのところだった。

「ああ、お文さん。たいへんな夜を過ごしましたね」

顔を見て、弐吉はほっとした。お文が過ごした一夜の心労もさぞかしだっただろうと、胸が痛んだ。お澄の呻き声は、今でも弐吉の耳の奥に残っている。

もっといろいろ言いたかったが、声にならなかった。

札旦那はまだ姿を見せていない。店には金左衛門や清蔵がいた。

お文は早速、昨夜の事情を伝えた。ほとんど眠っていないと察せられたが、疲れた気配は見せなかった。

お狛とお徳も、お文の話が始まると顔を見せて話を聞いていた。

「お種さんが、手際のいい対応をしてくれました」

さすがにお澄は心を乱していたらしいが、ひと眠りした翌朝には、だいぶ落ち着きを取り戻したようだとお文は言った。

その言葉を耳にして、弐吉は胸を撫《な》で下ろした。

「手間をかけた。今日は夕方まで、休むがいい」

話を聞き終えた金左衛門がねぎらった。

「女まで亡くなったら、厄介だった。それでいい。読売にでも書かれたら、店の暖簾《のれん》に傷がつく」

お徳は、店の暖簾を気にした。曾孫《ひまご》を失ったという気持ちにはなっていないらしい。

「助次郎さんには、ずいぶんと待たせてしまったわけだねえ」

お狛はお文を責めこそしなかったが、礼の言葉よりも恨みがましいことを口にした。お澄のことは、もう済んだ。気になるのはこちらといった印象だった。

「助次郎さんは、四半刻ほども新大橋の袂《たもと》であんたを待っていたそうだよ。実があるじゃあないか」

お徳が言った。

「それから、うちへやって来たとか。それで助次郎さんには、お狛が平謝りに謝ったんだよ」

とお徳は続けた。いかにもたいへんだったという言い方だが、耳にしていると、貞太郎の不始末については触れなかった様子だった。

行かなかったのはお文の事情にして謝った。貞太郎を守ったのである。

弐吉はため息を吐いた。そういうことをするから貞太郎は、いつまでも一人前になれない。お澄に対してしたことについても、自分では何も動かない。片づけをするのは、笠倉屋だ。

昔は金左衛門も忠告をしたらしいが、お狛とお徳は聞き入れなかった。

「婿のくせに」

逆上して、とうとうそんな言葉まで飛び出したと聞く。気に入らないことがあればそうなるだけだと分かっているから、金左衛門も口をつぐむようになったという噂がある。

助次郎は、しばらく笠倉屋でお文の帰りを待ったが、痺《しび》れを切らして引き上げた。不機嫌だったとか。

これは小僧の太助から聞いた。

「謝りにお行きよ。すっぽかしたんだから」

報告が済んだ後、台所でお狛がお文に言っているのを、弐吉は通りかかった廊下で聞いた。

「ならば若旦那のことを、お話ししなくてはなりませんね」

「話さなくてもいいんだよ。あんたのこととして謝ればいいんだから」

後ろめたさは微塵《みじん》も感じさせず、口にしていた。

「私は気が利かないので、何と言ったらいいのか、思いつきません」

やり取りを聞いていると、縁談は壊れてもいいと考えているらしかった。それは弐吉には、気持ちよかった。

「何を言っているんだい。それくらいの融通が利かなくちゃしょうがないじゃないか」

「不調法ですみません」

お文もしぶとかった。

弐吉はそのお文の対応に驚いていた。いつもなら、何を告げられても「はい」と答えていた。

己の気持ちを口に出すことは、めったになかった。

それが今日は、遠回りにだが嫌だということを言葉にしていた。おとなしそうでも、意外に芯《しん》があるのだと弐吉は感じた。

お文の、知らなかった面を見た気がした。

昼四つ頃になって、金左衛門は貞太郎を伴って出かけて行った。貞太郎は気が進まない様子を見せたが、金左衛門は聞き入れなかった。

「北新堀町へ行ったのだ」

清蔵が、弐吉に知らせてくれた。弐吉もこの件については、ひと働きしている。それで伝えてきたのだろう。

気持ちのない貞太郎は、金左衛門に言われるままになるのだろうと察せられた。

腹の子さえいなくなれば、お狛とお徳は、後の処置には関心を持たない。金左衛門が始末を押しつけられる。

金左衛門は商いには厳しいが、不誠実な人物ではない。それなりの対応をするだろうと、弐吉は思った。

昼食は、手の空いた者から台所へ行ってとる。猪作が小僧の常次《つねじ》、竹吉《たけきち》と三人で食べていた。

猪作は背中を向けていて、弐吉が台所へ入ったのに気付かない様子で何か言っていた。

聞こうとしたわけではないが、話が耳に入った。

「お澄という女が子を流したのは、笠倉屋にとってはよいことだったんだ」

「へえ」

小僧は、頷《うなず》かないわけにはいかない。お文の朝の報告は、奉公人たちも耳にしていた。

「どこの馬の骨か分からない女の子どもが、笠倉屋へ入ったらとんでもないことになるからね」

昨夜、清蔵に「血筋の子」として注意をされた。忘れたはずはないだろうが、そうは思っていない様子だった。

猪作は胸を張って話している。

「だから私は、女の家まで行ったんだ」

これは弐吉にも驚きだった。動きが止まった。

「何をしにですか」

「産んではいけない子だ。堕《お》ろすようにと、勧めたのさ。金子《きんす》を渡してな」

「金子ですか」

常次と竹吉は、体を強張《こわば》らせた。聞いていた弐吉もだ。

「若旦那《わかだんな》は、ご存じなんで」

常次が、消え入りそうな声で問いかけた。

「私が話したんだ。店のためだってね」

「それで若旦那は、何と」

「頷いたさ。迷っておいでだったらしいが、私の言葉で腹を決めたんだ」

「…………」

「私が店の悶着《もんちゃく》を、片付けたようなもんだよ」

誇らしげに言っていた。

ここまで聞くと、そのままにはできなかった。弐吉は、猪作の傍へ歩み寄った。

気づいた猪作が振り返った。

「あんたは、なんてことをしたんだ」

握った自分の拳《こぶし》が、震えたのが分かった。

「笠倉屋の厄介ごとが、これで収まったんだ。おかみさんや大おかみさんから、褒められてもいいことだ」

「腹の子はそのために、生まれてくることができなくなった。あんたは、そうなるように仕向けたんじゃないか。しかも自分では手を汚さない形で」

「それがどうした」

「卑怯《ひきょう》だと言っているんだ」

そこまですることが、店のためになるとも思えない。笠倉屋は、生まれてくる赤子の命を大事にしない店になる。

「うるせえ。あんな女、金でどうにでもなるんだ。今頃は小判を抱いて、ほくそ笑んでいるんじゃねえか」

その言葉に、昨夜のお澄の呻《うめ》き声が重なった。我慢の限界だった。

「こいつには、何を言っても分からない」

言い返す言葉を呑《の》み込んで、猪作を殴りつけた。

後先のことは考えない。容赦はしなかった。

飛んだ茶碗《ちゃわん》が割れ、箸《はし》と米粒があたりに散った。常次と竹吉は、上げようとした声を呑み込んだ。

猪作の唇が切れているのが分かったのは、このときだ。

「何をしやがる」

猪作が立ち上がった。そのままにするつもりはないらしかった。弐吉も、引くつもりはない。

「止めろ」

間に入った者がいた。清蔵だった。まずは猪作を、それから弐吉を睨《にら》みつけた。厳しい眼光だった。

猪作の体の動きが止まった。怒りを抑えたのかもしれない。それで弐吉も、我に返った。

「こいつが、歳上の私に殴りかかってきたんです」

訴える口調で、猪作は言った。猪作はまだ手を出していなかった。

「話は、聞いたぞ」

清蔵は答えた。そして続けた。

「唇が切れている。その顔では、客の前には出られまい」

懐から手拭《てぬぐ》いを取り出して投げつけた。

清蔵は、猪作の訴えを受け入れなかった。やり取りを耳にした上で、悶着につい
ては何も言わず、この場から去った。つまり、弐吉の怒りがもっともなものだと認
めた形だ。

欠けた茶碗や散った飯を、弐吉は片付け始めた。殴ったことに後悔はないが、台
所を汚したことは間違いない。

すると常次と竹吉が、何も言わず片付けを手伝った。

弐吉は昼飯を済ませ、札旦那の相手をした。猪作は唇の端を切っていた。顔も腫《は》
れている。

弐吉に恨みの一瞥《いちべつ》を向けたが、もう何かを言うわけではなかった。

三

城野原の町廻《まちまわ》りに従った冬太は、芝口《しばぐち》三丁目へ出向いた。城野原の調べごとが済
んで、そこで放免された。

差してくる西日が、強くて眩《まぶ》しい。

昨日は、富岡八幡宮の祭礼で、城野原に命じられ終日深川馬場《ばば》通りでの見廻りに当たらされていた。今日は早めに放免されたのである。

それは幸いだった。

一昨日は玉置屋を見張っていて用心棒の澤田に気づかれ、逆につけられて危ない目に遭った。余計なことをするなという脅しだと受け取ったが、それで怯《ひる》むものではなかった。

「ふざけるな」

かえって、悪事を暴いてやるという気持ちが強くなった。

そこで次に何をすべきか考えた。できることはし尽くした感はあるが、まだ探せばやれることがあるはずだった。

黒崎と玉置屋が白絹の納品について、不正な贈収賄を繰り返しているのは明らかだと冬太は見ている。

「これに黒崎の上役の御納戸頭は、気づいていないのか」

呟《つぶや》きになって出た。

気づいていたら、同罪となる。気づいていなければ、証拠を揃えて、御納戸頭のもとへ「畏《おそ》れながら」と訴え出ればいいのではないかと考えた。

旗本武鑑で、御納戸頭について調べていた。家禄《かろく》七百石の揖斐《いびょ》与右衛門《えもん》という者だと分かっている。歳は四十一で、屋敷は芝《しば》の稲荷小路《いなりこうじ》にあるとあった。芝の烏森《からすもり》稲荷の傍だ。

今いるところからは近いので、行ってみることにした。

何もできないかもしれないが、屋敷を見ておくだけでもいいと思った。辻番小屋《つじばん》で聞きながら、揖斐の屋敷に辿《たど》り着いた。

片番所付きの長屋門で、敷地は七百坪ほどもあると思われた。しんとしている。風もないのに落ち葉が一つ、ひらひらと冬太の目の前で舞った。

「殿様は、いつも気難しそうな厳しい顔をしているがねえ」

近くの辻番小屋の番人に尋ねたが、それでは何の参考にもならない。

下賜の品を扱う一番上の役目だから、商人《あきんど》がやって来るのではないかと思った。新規参入を目指すなら、進物を持って訪れることだろう。

「そういえば商人は、たまにやって来ているね」

「それは出入りの者だろうよ」

「門番とは、顔見知りのようだが」

お捻《ひね》りを与えているかもしれない。

「ただ、新規の者は追い返されているようだ」

それらしい場面を目にしたとか。番人も暇なのだろう。見張っているわけではないが、客があれば目を向けるそうな。

追い返されるのは、見覚えのない顔の者だということだ。

「出入りの商人について、何か分かりませんか」

ここで冬太は、小銭を握らせた。

「それならば、芝神明町《しんめいちょう》の相州《そうしゅう》屋という足袋《たび》屋だね」

番頭が、屋号が記された葛籠《つづら》を背にした小僧を連れてやって来るとか。

冬太はその足で、神明町の相州屋へ行った。芝神明宮の門前町だ。間口四間半の店で、それなりに客の出入りがある店だった。

店先にいた手代に問いかけた。

「ええ。うちでは揖斐様の御用を承っています」

先代からの出入りだとか。

「殿様と話をすることはあるかね」

「私はありませんが、旦那《だんな》さんや番頭さんは、お話をすることがあるようです」

「殿様は、どのような方かね」

「お侍ですからね、決まったことをきっちりなさるようで」

「しくじりなどすると、どうなるか」

「出入りを差し止められるでしょうね」

「進物をして、ご機嫌取りをすることはできないのかね。それで目を瞑《つぶ》るといったような」

「それはできないのでは」

「堅物ということか」

「そうかもしれません」

酒は飲むが、金のかかる道楽はしないらしい。

「どこかのお屋敷に、進物をなさることはないのか」

猟官運動をしていないか、確かめる気持ちでの問いかけだ。

「さあ、そういうことは」

顧客が何をしていようと、業者としては知ったことではないだろう。

「新規に御用達《ごようたし》になろうとする商人はいないのかね」

「いますよ。同業の足袋屋が、たくさんの進物を持って出かけましたが、門前払いをされたとか」

いい気味だという口調になった。

「進物で気持ちが動くことはないわけだな」

「そのようで」

揖斐家出入りの、太物屋と酒屋を教えてもらい、そこへも行って番頭から話を聞いた。おおむね同じような話で、進物を受けたからどうこうという者ではなさそうだった。

「黒崎とは、ずいぶん違うな」

冬太は呟いた。

四

弐吉が朝飯を済ませて台所を出ようとしたとき、入れ違いにお狛が台所へ入った。弐吉がいなくなると、台所にいるのはお文だけになる。

弐吉は台所を出たところで立ち止まり、耳を澄ました。

「今日は播磨屋さんへ行って、挨拶《あいさつ》をしてきてもらうよ」

「観月のことですか」

お文は、気のない返事をした。

「そうだよ。鈴木越後《すずきえちご》の練羊羹《ねりようかん》を誂《あつら》えるから、それを持ってね」

鈴木越後の練羊羹と言ったら、誰もが口にできるような品ではない。笠倉屋でも特別な進物に使う高級品だから、弐吉も名だけは知っていた。

仕事だと思えば、何でもするだろう。しかたがないといった表情で、お文は頷《うなず》いた。

行って、どのような顔をして話をするのか。不憫《ふびん》な気がした。

弐吉はそのやり取りを耳にしてから、やって来た札旦那たちと対談に当たった。冬太は昨日、揖斐与右衛門について聞き込んだことを伝えてきた。分かった範囲では、揖斐は黒崎らの仲間ではないとの印象だったとか。

もう一人、気になっている人物としては、溝口監物がいた。溝口については、将軍や幕閣に近い大身旗本であり、黒崎の遠縁で茶の湯に関心を持っているといったことが分かっていた。

ただそれだけでは、上っ面を舐《な》めただけに過ぎない。もう少し人物について知りたい気持ちが、弐吉の中にあった。

四谷の札旦那の妻女が赤子を産んだという知らせを聞いて、弐吉はお祝いの品を届けに出向いた。無事に生まれたのはめでたい。

流された子もいるのだと、弐吉は思った。

訪ねた札旦那の家では、その子の誕生を皆が喜んでいる気配だった。

その帰り道、浄瑠璃坂下へ足を向けた。父親が狼藉《ろうぜき》を受けた場所である。

胸を打つ思いがあった。幼い頃は、この坂道で遊んだ。弐吉は少しの間、そこで立ち尽くした。

坂を上った先に、溝口屋敷がある。関わる何かの手立てがあるわけではなかったが、溝口屋敷の前まで足を向けた。

壮麗な長屋門の向こうに、椎《しい》の巨木が聳《そび》えている。しばらく見ていると、門扉が開かれた。蹄《ひづめ》の音が響いてきた。侍二人が、二頭の馬に乗って現れた。どちらもいかめしい侍といった印象だった。

とはいえ、堅苦しい身なりではない。気ままな外出に見えた。

そのまま走って行った。弐吉は木戸番小屋の番人に訊《き》いて、その二人が溝口監物と用人西山吉三郎だと確かめた。

二人は行ってしまったが、その後を追いかけた。辻番小屋や通りかかった者に尋ねた。

「お侍が乗った馬ならば、あっちへ行ったよ」

つい今しがたのことだから、皆覚えていた。姿が見えなくても、追いかけることができた。

溝口らが行った先は、江戸川の南側、小日向馬場だった。

樹木に囲まれた厩舎《きゅうしゃ》のあたりに、二人の姿があった。乗馬の稽古《けいこ》をするらしかった。

溝口は茶の湯が趣味だと聞いていたが、乗馬も好むというのは初めて知った。弐吉は、その様子を見詰めた。

蹄の音が響いてくる。他にも馬を走らせる侍たちがいた。見事に操る侍や、危なかしそうな若侍の姿があった。

秋の風が、心地よく吹いてくる。

その稽古の様子を、子連れで見物する町の者がいた。七、八歳くらいの男児数人の姿もあった。

子どもたちは、声高に何か喋《しゃべ》っている。馬に関心があるらしい。弐吉はその傍へ行って、馬場に目をやった。

溝口と西山も馬場に出た。耳に心地よい蹄の音が響いた。

「なかなかうまいのではないか」

乗馬のことは分からないが、溝口は巧みな手綱さばきに見えた。人馬が一体になっている。

半刻《はんとき》ほど、馬場を走らせた。

稽古を終えて、溝口らは水飲み場へ行った。走り終えたばかりの馬は、まだ興奮気味に見えた。

弐吉は、何か話しかける機会がないかと近づいた。とはいえ、その機会はない。何もないのに話しかければ、「無礼者」とやられそうだ。

とそのときだ。七、八歳くらいの子どものうちの一人が、溝口の馬に近づいた。間近で馬を見たかったのだろう。

「ひひん」

馬が鼻を鳴らし足踏みをした。蹴《け》られればお終《しま》いだが、幼い子どもは分からない。

弐吉は次に起こることが見えたので、子どもに飛び掛かった。体を抱いて地べたに転がった。

寸刻の後、馬は後ろ足を蹴り上げていた。

そのままにしたら、子どもは蹴飛ばされ地べたに叩《たた》きつけられたに違いなかった。

弐吉は、溝口に目をやった。

子どもとはいえ、不注意な振る舞いだといえた。目が合った。溝口は驚いた様子だった。

「子どもは無事か」

と問われた。仰天した。子どもを案じる言葉を聞いたからだ。

「大丈夫です」

「ならばよい」

にこりともしないが、小さく頷いた。

「参るぞ」

溝口は、西山に伝えた。

「はっ」

西山も、弐吉には目を向けた。しかし声をかけてくるわけではなかった。主従は馬に跨《また》がると、馬場から出て行った。

「ほう」

弐吉は声に出した。溝口は、黒崎から高価な茶碗《ちゃわん》を受け取っている。不遜《ふそん》で傲慢《ごうまん》なやつかと思っていた。けれども目の当たりにした姿は、これまでの印象とは異なっていた。

五

お狛は日本橋本町《ほんちょう》の菓子舗鈴木越後へ行って、桐箱に入った練羊羹を調えてきた。

そしてお文に向かって言った。

「手の空《す》いたところで、霊岸島まで行っておいで」

「はい」

お文は品を受け取った。行かなくてはならないならば、さっさと片付けてしまう腹だった。

「助次郎さんも、気にしているだろうからね」

何としても、行かせたいらしかった。そして続けた。

「いい縁談だから、行っておいた方がいい。あんたのためだよ」

お狛はよく、「あんたのため」と口にする。言われるたびに、気持ちが醒《さ》めた。

ただどうしても行かせたいらしいから、逆らいはしない。主人の命として行く。

それならば仕方がないと考えた。

練羊羹を持って、播磨屋へ行った。

霊岸島を横切る新川河岸には、大店《おおだな》の下り酒問屋が並んでいる。灘や伏見《ふしみ》を始めとする西国から、上物の酒を仕入れて小売りに卸していた。

船着場では、荷船から四斗酒樽《さかだる》が下ろされている。荷下ろしの人足たちの掛け声が、あたりに響いていた。

「いらっしゃいませ」

店にいた小僧たちは威勢がいい。銘柄の違う四斗の酒樽が並んでいた。

助次郎は、客応対をしていた。店の隅で待つことにした。品を置いてさっさと帰りたいが、それでは子どものお使いになってしまう。

お文は、見るとはなしに、助次郎に目をやった。いかにもやり手といった印象で、客と話をしていた。

将来は兄と店を支える者になるとお狛は言っていたが、そうかもしれないとお文は思った。お文の方には目を向けない。

後から来た客も含めて、二人分四半刻ほどを待たされた。それから店の外に出て向かい合った。

「人を呼んだら、すぐに新大橋へ来ればよかった。それならば、八幡様からの見事な満月が見られたのに」

助次郎は、最初にそう言った。詫《わ》びの言葉を述べ、また立ち寄った知り合いの者が血を流して倒れていたことを伝えた後でのことだ。

不満そうな表情だった。観月ができなかったことを惜しんでいるのか、現れなかったことが気に入らないのかは分からない。

行けない原因になった者の症状については、まったく関心がないことだけは確かだった。

「でも放っておけなくて。若旦那《わかだんな》に関わりのある方でもありましたので」

「どのような、関わりですか」

助次郎は、貞太郎とお澄のことを知らないらしかった。やはりお狛は、話していなかったのだ。

腹の子が流れてしまえば、笠倉屋とは縁のない者となる。話す必要はないとの判断があったのに違いない。

いかにもお狛やお徳らしいと思った。何であれ、そうなら話す必要はなかった。

「常磐津《ときわず》の稽古をしたことがあるとか」

「それだけのことですか。あんたもずいぶん、人がいい」

苛立《いらだ》ちを抑えているといった口ぶりだ。お人好《よ》しと、言われたのだと思った。ただそれでも、遠慮をしているのかもしれないと感じた。前に、物貰《ものもら》いの老爺《ろうや》に酷《ひど》いことをしたときの場面を思い出した。

「でも済みませんでした。私のせいで、八幡様での観月ができなくて」

「そうですよ。私は楽しみにしていた」

「ならば、一人でおいでになればよかった。私はお澄さんのところに残ると伝えていましたので」

「…………」

助次郎はわずかに体を硬くし、お文を見詰めた。赤の他人を見る目だった。

「ではこれで、失礼をいたします」

丁寧に頭を下げて、お文は歩き始めた。詫びの言葉はすでに述べ、練羊羹《ねりようかん》も渡していた。役目は果たしている。

呼び止められることはなかった。助次郎は縁談を断ってくるだろうと、お文は思った。

帰り道、お文は北新堀町へ立ち寄った。

朝のうち、金左衛門と貞太郎がお澄を訪ねていた。それでどうなったかは分からないが、近くなので様子を見ることにした。

お澄の体のことも気になった。

行ってみると、しんとしていた。声をかけ名乗った。

「入ってください」

と返事があった。小さな声だが、お澄のものだと分かって、胸を撫《な》で下ろした。

何かあったらと案じていたが、生きていた。

部屋へ入ると、お澄は一人で寝ていた。

「昨日は、ありがとう」

お澄はまず、礼を口にした。枕元に、白絹三反と切餅《きりもち》が二つ（五十両）置いてあるのが見えた。金左衛門が持ってきたのだと分かった。

「体の具合はどう」

「何とか。ときどきお腹が痛いけど、仕方がない」

己を罰するような言い方だった。俯《うつむ》いたままだ。

「あたし、貞太郎さんに当てつけるような気持ちがあったのかもしれない」

と自分から口にした。一人で、そのことを考えていたらしかった。

「不実なことを、されたんですからね。仕方がない」

「でも、お腹の子には罪はなかった」

「そうかもしれないけど。辛《つら》かったからね」

腹の子を堕《お》ろした自分を、責めていたようだ。お文の言葉で、お澄の目から涙が一筋流れ落ちた。

「もう、産めないって思ったの。あたしも死ねばよかった」

「そんな馬鹿なことを言ったらだめですよ。まだまだやり直せる」

「さあ。どうだか」

「貞太郎ってやつは、酷いやつだった。そう思えばいいんじゃないですか。そのとおりなのだし」

今となっては、それしかないと思う。お狛とお徳が背後にいるとしても、貞太郎は小判で解決を図ってきたのである。

「済まないって、あの人言ったんです。軽い感じで」

「頭だけ下げたのね」

「そう。それを見たら、気持ちが醒めた」

迷いが消えたのならば、それでいい。

「お金を貰うのは悔しいけど」

「いいではないですか。せめてそれくらいのことはさせないと」

五十両が妥当な額なのかどうかは分からない。お徳は切餅一つでいいと言っていた。

今は立ち直るための、体力と気力を養ってほしかった。

「またお邪魔しますね」

そう伝えて、お文はお澄の住まいを引き上げた。

六

蔵前橋通りへ戻って来た弐吉は、笠倉屋の手前で冬太と会った。まだ夕暮れどきには、しばらく間があった。傾きかけてはいても、日差しは強かった。

通りの外れに寄って、御納戸頭揖斐与右衛門について調べたことを聞いた。そして弐吉は、溝口と西山主従の小日向馬場での出来事について伝えた。

「おまえの父親に狼藉《ろうぜき》を働いた黒崎とは、だいぶ様子が違うな」

冬太も、弐吉と同じ感想を持ったらしかった。

「揖斐様も溝口様も、黒崎と玉置屋の悪事には関わっていないと見るべきでしょうね」

「まあそうだが、溝口の方は、前に鼠志野の茶碗《ちゃわん》を受け取っているぞ」

「進物はあちらこちらから来ていますから、何とも思わなかったのではないでしょうか」

「いいご身分だな」

嫉《そね》む口ぶりだ。

「不正に得た金子《きんす》で贖《あがな》ったものと知っていたら、受け取ったでしょうか」

「それはないだろう。てめえに火の粉が飛んでくるのは、迷惑だろうからな」

ここで弐吉は気が付いた。

「先々月は、貼り紙値段の件でしくじりましたが、今月になって、白絹五百反の臨時の注文がありました」

冬太が商売敵の店から訊《き》き込んできたことだ。

「そうだ。それなりの金子が、懐に入っているはずだ」

受注に当たっては、黒崎と能見の手が加えられているのは明らかだ。

「ならば新たに、溝口様に進物をしたのではないでしょうか」

前回出せなかった茶入れの代わりだ。

「当たってみる価値がありそうだな」

黒崎にしてみれば、何としても猟官を続けたい気持ちがある。だからこそ、能見の笠倉屋からの借用にも力を貸したのだろう。

「当たってみよう」

冬太が言った。弐吉も行きたいところだが、店に戻らなくてはならない。戻るのが、だいぶ遅くなってしまった。


冬太は、四谷塩町《しおちょう》一丁目へ足を向けた。ここの矢代屋《やしろ》という茶道具屋を訪ねることにしたのである。

ここは前に、黒崎が溝口へ進物として贈った鼠志野の茶碗を買い入れた店である。間口は二間半の小店《こだな》だが、風格のある建物だった。茶の湯で使うような、高級品を扱っている。

敷居を跨《また》ぐと、狸の置物のような外見の主人が、店の奥にいた。

「おや、前にお見えになった親分ですね」

主人は冬太を覚えていた。

「黒崎様のことだが」

「ああ、お求めになろうとした茶入れは、他の方がお求めになりました」

先々月末のことだ。貼り紙値段の件でしくじって、買おうとしていた茶入れを黒崎は買い損ねた。

「今月になって、何か茶碗や茶入れなど求めていないか」

「いえ、あれきりお見えになっていませんね」

期待してやって来たが、予想外の返答だった。少なくない不正の金子が、懐に入っていると見ている。

何かを買っていたら、それが不正の証拠になるかもしれなかった。

「間違いないな」

隠しているかもしれないので、後で面倒なことにならないようにしろと脅したが、返答は変わらなかった。ただ矢代屋にこちらが目をつけていると分かっていたら、黒崎はここへは来ないかもしれないと思い直した。

「黒崎様が、他の茶道具屋へ行くとしたらどこへ行くのか」

見当もつかないので尋ねた。

「さあ、分かりませんが」

茶道具屋は、他にもある。高価な品を扱う店を四軒教えてもらって回った。

「ええ、黒崎様には茶杓《ちゃしゃく》をお求めいただきました」

一軒目で、早速そういう返事があった。とはいえそれは一年前で、一両の品だった。茶人として名のある人が拵《こしら》えたもので、茶杓としては高級品だという。それ以降は、見に来ても買ってはいなかった。

二軒目三軒目では、来ていないと告げられた。買わなければ、いちいち名乗ることはない。

四軒目では一年前に三両の香合を買っていた。

「一両や三両の品では、どうにもならないぞ」

冬太は呟《つぶや》いた。

「うちでは安物は扱いませんが、高値の品も安値のものも両方置いている古道具屋があります。そういうところに掘り出し物が出ると、お話ししたことがあります」

その場所を教えてもらった。本郷《ほんごう》の和泉《いずみ》屋という店だった。

早速行ってみた。茶道具だけでなく、武具や古人形、がらくたと思《おぼ》しいものまで店頭に並んでいた。

「黒崎様ならば、つい先日お見えになりました」

初老の主人が言った。

「何か買ったのか」

「はい。唐物の肩衝《かたつき》茶入れをお求めになりました」

「どのような品か」

「南宋《なんそう》時代のなかなかの品でございます」

胸を張った。店としては、取り立ての品だったようだ。

「いかほどであったか」

ごくりと湧き出た唾《つば》を呑《の》み込んで、冬太は尋ねた。

「お安くしましたよ。三十八両でした」

商い帖《ちょう》には売った品について、その日にち、買い手の名と値段が記されているとか。それを出させて確かめた。

買い上げた日にちは、八月十日になっている。

古道具屋を出ると、外はもう薄暗くなっていた。冬太は昂《たかぶ》る気持ちを抑えて、蔵前に向かって駆けた。

第五章　公儀下賜品

一

夕刻になって、札旦那《ふだだんな》の姿がなくなった。こうなると掃除をして、店は閉めてしまうだけだ。近頃は日が落ちると、冷たい風が吹き抜けることがある。

札差《ふださし》は店先で品を売るわけではないから、飛び込みの客はやってこない。

ここで弐吉は、清蔵に断って、玉置屋へ行ってみることにした。玉置屋が臨時の納品をした話について、店の者からも聞いておこうと思ったのだ。

しかし日本橋通町界隈《かいわい》に着いた頃には暮れ六つの鐘が鳴って、あたりはすっかり暗くなっていた。店もすでに戸が立てられている。

明るいうちは人や荷車などで賑《にぎ》わっていたが、人通りはめっきり減った。田楽で酒を飲ませる店や蕎麦《そば》の屋台などが、提灯《ちょうちん》の淡い明かりに浮かび上がっているだけだ。

わざわざ玉置屋の戸を叩《たた》いて、様子を訊くことはできない。潜り戸に目をやっていると、提灯を手にした番頭の仙之助が出て来た。

「どこへ行くのか」

つけてみることにした。迷いのない足取りで歩いて行く。誰かに会えば面白いと思ったが、行った先は本材木町のしもた屋だった。黒板塀のそれなりの建物で、仙之助の住まいだった。いかにも大店の番頭といった暮らしに見えた。

「お帰り」

という女の声が聞こえた。女房らしいが、若い声だと感じた。顔や姿を見ることはできなかった。戸が閉じられると、話し声は聞こえなくなった。

通りかかった近所の者に訊《き》くと、仙之助の女房は一回り若い芸者上がりだそうな。

仕方なく、弐吉は笠倉屋へ戻った。すると、冬太が来て待っていた。清蔵を交えた三人で向かい合った。

「面白《おもしれ》えことを、聞き込んだぞ」

冬太は興奮した様子で、黒崎が本郷の和泉屋という古道具屋で唐物の肩衝茶入れを三十八両で買った話をした。

「商い帖に、売った詳細が記されていたのは、何よりだな」

清蔵が言った。

「ええ。長く使っている綴《つづ》りで、売れた品について、毎日続けて書き記しています。和泉屋が黒崎に売ったという証拠になります」

冬太はつけ足すように言った。

「その代金の三十八両は、黒崎が玉置屋から賄賂《わいろ》として得たものに違いありません」

「白絹五百反の礼だな。黒崎は認めないだろうが」

弐吉の言葉に、冬太が返した。

「うむ。和泉屋の商いの綴りに残っているだけでは、証拠にはなるまい」

清蔵が頷《うなず》いた。玉置屋がどれほどの利を得たかは分からないが、受注の直後にそれなりの金子《きんす》を黒崎が得ていることがはっきりしたら、言い逃れはできない。三十八両は、どこから出たかという話になる。

その程度の金高ならば、笠倉屋は札差として黒崎に貸すことができた。しかしそれはしていない。

問題は、その金の出どころをはっきりさせるにはどうしたらいいかだ。

「まずは溝口家が、唐物の肩衝茶入れを黒崎から受け取っているかどうかですね」

賄賂で得た金子で、溝口に肩衝茶入れを贈ったという仮説が成り立つ。

「そのようなものは知らぬと告げられたら、面倒だぞ」

弐吉に冬太が返した。相手は御大身だ。そもそも問いかけることさえ、容易《たやす》くはできなそうだった。

「では御納戸頭の揖斐様に訴えては」

「聞き取りくらいはするかもしれないが、確たる証《あかし》がなければどうにもなるまい」

配下の不始末だ。証拠がなくては動かないのではないかという話である。

「やはり、溝口家で確かめるしかありませんね」

弐吉は言った。

「無礼討ちに遭うかもしれないぞ」

冬太の言葉はただの脅しとはいえない気がするが、今日出会った印象では、話くらいは聞いてもらえるのではないかと感じた。

「明日にも、当たってみます」

弐吉は言った。

三人での話が済んで、弐吉は通りまで出て冬太を見送ることにした。別れ際に尋ねられた。

「ここのところお文さんは、何だか気持ちがすぐれないようだが」

弐吉を訪ねて来たときに、お文の様子を見ていたらしかった。前の調べのときに、お文が拵《こしら》えた玉子焼きを分けてあげたことがあった。それ以来、お文のことを口にするようになった。

縁談のことは冬太には何も話していなかったが、お文の気持ちに動きがあったのは事実で、それを感じ取ったのだと思われた。

「冬太はお文さんに、何か思いがあるのかもしれない」

とは感じたが、問いかけはしなかった。冬太ならば、何を言い出すか分からない。また関わっても仕方がないという気持ちだ。

「さあ。そんなことは、分かりませんが」

とりあえず、そう答えた。

「そうだろうな。おまえに分かるわけがない」

ほっとしたような顔で言った。ここでは、少し下に見る気配があった。女子《おなご》に関心を持つのは、まだ早いとでもいう意味か。

「そうですねえ」

わずかに後ろめたい気持ちはあったが、そう言って弐吉は頷いた。

冬太が引き上げてから、弐吉は今日の調べについて、お文に伝えた。冬太よりも話をする機会が多い自分の方が、お文に近い。そう思って気分がいいのは、意地が悪いからだと考えた。

「お澄さんのところへ行ってきました」

金左衛門と貞太郎が出向いて、白絹三反と切餅《きりもち》二つを置いてきた話を聞いた。お文には、お澄が話したのだ。

貞太郎は向かい合っても、ろくに話もしなかったらしい。気持ちは、さらに離れたということか。

金子については何も言うことはなかったが、貞太郎については卑怯《ひきょう》なやつだと思った。

「一人では、行けなかったのですね」

「そうです」

「あいつらしい、やり方だ」

と思った。何かを求めても仕方がない。

「お澄さんは、貞太郎さんへの思いを断ち切ろうとしています」

「それがいいですね」

お文が、お澄の支えになったのかもしれないと弐吉は思った。

二

翌日の昼下がり、弐吉は清蔵に断って店を出た。店の外には冬太がいて、待っていた様子だった。

「どうしてここに」

一人で行くつもりだった。

「おまえ一人を、行かせるわけにはいかないからな」

冬太は言った。城野原に頼んで、暇を貰《もら》ったのである。

「そうですか」

何かをしてもらおうとは思わないが、いるだけで心強かった。二人で向かったのは、市谷の溝口の屋敷だった。

昨日馬場へ出向いたのは、非番だったからだと思った。ならば今日は登城がある。その折に「畏《おそ》れながら」と声をかけるつもりだった。屋敷へ行っても、門前払いをされるのは目に見えていた。

登城の折に面倒なことがあっては、気持ちを向けてくれることはない。これからの役目について考えているかもしれなかった。邪魔な相手の話など、聞きたくもないだろう。

そこで役目を終えた帰館の折に、訴えをすることにした。

一日の役目を終えてほっとしているところならば、耳を傾けてもらえるかもしれない。

溝口屋敷に行って、近くの辻番《つじばん》小屋の番人に問いかけた。外出しているかどうか確かめたのである。

「溝口様は登城をなさったが、まだ戻って来てはいない」

それを聞いて、弐吉は冬太とともに、溝口の帰館を待つことにした。ほっとしたと同時に、緊張もあった。

そして半刻《はんとき》ほどした頃、行列が戻って来た。まず足音が聞こえた。道の先に行列の姿が見えた。駕籠《かご》の脇には、西山が歩いている。

「西山は黒崎家の篠田と、麴町四丁目の小料理屋美園で何度も酒を飲んでいるぞ。庇《かば》うのではないか」

冬太は言ったが、弐吉にそれで怯《ひる》む気持ちはなかった。

「侍は卑怯だ」

という気持ちが、弐吉の根っこにある。父親を死なせた侍が黒崎だとはっきりして、よりその気持ちが大きくなった。黒崎はもちろん、西山や溝口にも怯《おび》えてはいなかった。

いつか仇《かたき》を討ちたいと思っていたが、今がめったにない機会だと分かっている。その好機は逃さない。危ないからといって、何もしないという気持ちにはならなかった。

一行が近付いて来る。心の臓が、どくと音を立てた。

門の前まで来たところで、弐吉は、前に走り出た。

「お願いがございます。聞いていただきたい話がございます」

叫びながら飛び出し、地べたに平伏した。とはいえ、前を塞《ふさ》ぐ場所ではなかった。邪魔になっては無礼だと思った。

「何やつ」

三人の侍が駆け寄ってきた。ほぼ同時に、屋敷の門扉も開かれた。駆け寄ってきた侍以外は、隊列を崩さずそのまま進んだ。

「黒崎禧三郎様にまつわる、ご不正の件、お聞きいただきたく存じます」

弐吉は続けて叫んだ。

「控えろ」

駆け寄ってきた三人の侍に両腕を摑《つか》まれ、体を押さえられた。抗《あらが》うことはしない。頭を地べたに押し付けられたが、「黒崎様のご不正」という言葉は繰り返した。

その間にも行列は進んで止まらなかった。門扉が開くと、そのまま屋敷内に入ってしまった。

「ああ」

門扉が閉じられて、弐吉は声を漏らした。

話だけでも、聞いてもらえるのではないかと思っていた。二人に両腕を捉《とら》えられた姿勢は変わらない。話を聞いてもらいたかっただけだから、されるがままになっていた。

「無礼者めが」

乱暴に髷《まげ》を摑まれて、顔を上げさせられた。

「あいすみません」

無礼なのは確かだから、弐吉は謝った。

「おや、その方は」

髷を摑んだ侍が、弐吉の顔を見て言った。体を押さえつけている侍よりも、身分は上のようだった。西山だと分かった。

「昨日、小日向馬場にいた者だな」

向こうも、弐吉を覚えていた様子だった。声に驚きがあった。

「黒崎様について、何か申したいとのことだな」

「はい。贈られた唐物の肩衝《かたつき》茶入れについてのことでございます。黒崎様より、お受け取りのことと存じます」

「…………」

それについては答えず、西山はしばらく考える様子を見せてから問いかけてきた。

「不正と言っていたな」

「白絹の納品にまつわるものでございます。黒崎様は、納品した御用達《ごようたし》玉置屋からの賂《まいない》として受けて得た金子で、先ほどの茶入れの買入れをしたと見ております」

「その方は何者だ。いい加減なことを申すと、命を失うことになるぞ」

厳しい表情になった。

「私は、黒崎様の御用を承っている札差《ふださし》笠倉屋の手代で弐吉でございます」

「札差だと」

「はい。私の懐に紙片が入っております。それをご覧いただきたく存じます」

両手を摑まれているので、取り出すことができない。

「よし。手を離してやれ」

そして弐吉は、懐から紙片を取り出した。

「これは古道具屋和泉屋の商い帖《ちょう》の写しでございます。肩衝茶入れの売掛について、詳細が記されております」

「どれ」

西山は、差し出された紙片を受け取った。目を通す様を、弐吉は固唾《かたず》を吞《の》んで見詰めた。

「屋敷の中に入るがよい」

読み終えた西山が言った。

「はっ」

好意的な口調になったとは思えないが、話を聞いてもらえると感じた。

冬太に目をやると、案じ顔を向けている。大丈夫だという気持ちで一つ頷《うなず》いて、弐吉は西山の後に続いた。

潜り戸から中へ入ると、殺風景な御長屋の一室に押し込まれた。縄を打たれるかとも覚悟したが、そのようなことはなかった。

「話してみよ」

しばらくして現れた西山が言った。

茶入れの金高については、紙片に記されている。弐吉はまず、黒崎家は笠倉屋からは一文の借り入れもないことに触れた。その上で今月になって五百反の臨時の納品が、他の御用達を差し置いて、黒崎から能見を経て玉置屋に命じられたことを伝えた。

「玉置屋は、以前納期に遅れるというしくじりをしましたが、それにも拘《かか》わらずでございます。これには不満に思う、他の商人《あきんど》がおります」

その上で、支払いを受けた玉置屋が、指名をした黒崎に謝礼として儲けの一部を納めたと見ていることを伝えた。

「その根拠は」

と西山は問いかけてきた。予想していたことだった。

「黒崎様は、玉置屋から度々の接待を受けております」

下柳原同朋町の笹尾という料理屋の名を挙げ接待の件にも触れた。西山は聞く姿勢を見せているから、さらにここまで調べたことの詳細もすべて伝えた。篠田が贈られた碁盤についてもである。

能見に関する不審についても話した。状況からすれば、二人が怪しいことは明らかだ。

遮られることもないまま、すべてを話すことができた。

「確かに怪しいな。しかしそれだけでは、決め手とはなるまい」

西山の言い分はもっともだと思った。

「まずは、溝口様が、肩衝茶入れをお受けになっていたとしてお話をさせていただきます」

「うむ」

西山は、まだ受け取ったと認めていなかった。

「笠倉屋から金子《きんす》を借りていない以上、黒崎家は高価な茶入れを買い入れる金子をどこで手に入れたかという話になります」

「屋敷にあったのかもしれぬ」

「まさしく。ですが玉置屋から賄賂《わいろ》を受けていたということも、充分に考えられます。もしそうならば、肩衝茶入れは公儀の物品購入にまつわる不正の金子で贖《あがな》われた品となります」

弐吉は、溝口家を脅したことになる。不正の金子で得た品を、受け取ったままにしていいのかという話だ。

　不正に関わったことにはならないにしても、公になれば何かのとばっちりを受けるだろう。

「その方、したたかだな」

　西山は弐吉の顔を見詰めた。溝口家を動かそうとしていると察した模様だが、腹を立てているとは感じなかった。

「いえ。あったことを、明らかにしたいだけでございます」

　弐吉は両手をついた。溝口家が動かなければ、ことは進まない。

「分かった。殿にお伝えしよう。その上で返答をいたす」

　弐吉は屋敷から返された。門外では、冬太が待っていた。

「斬られるんじゃねえかと思ったぜ」

　本音らしかった。弐吉は、西山とした話について冬太に伝えた。

「そうか。脈がありそうじゃあねえか」

　興奮を目顔に出しながら答えた。斬られると思っていたというのは、まんざら嘘ではなさそうだった。

　店に戻って、清蔵にも事の次第を伝えた。

「御用人様だけでは、決められないだろう。殿様がどう考えるかだな」

と清蔵は答えた。その日の内には、溝口からの知らせはなかった。

三

翌日は、朝から雨が降った。これまでにない冷たい雨だった。それでも札旦那《ふだだんな》は、姿を見せた。

弐吉は溝口のことを気にしながら、札旦那と対談をした。そして夕刻間際になって、ようやく雨は止んだ。

雨が止むのを待っていたかのように、西山が笠倉屋へ姿を見せた。弐吉と清蔵が、別室で向かい合った。

「昨日の件だ」

挨拶《あいさつ》抜きで、西山は言った。

「ははっ」

「当家で、今月中頃にあった御納戸方による白絹五百反の買入れについて調べた」

さすがに動きが速かった。弐吉と清蔵は次の言葉を待った。溝口も、ことの重要さを察してのことに違いない。

「白絹五百反の納品については、他の店に納めさせようという話があった。しかし黒崎からの強い勧めがあって、玉置屋になった」

これは溝口が、今日城内で御納戸頭の揖斐に確かめたのだとか。

「支払いについても、勘定方で検《あらた》めた」

「いつになっていましたので」

「八月十日であった」

納品後すぐということになる。そして黒崎が肩衝茶入れを買い入れて代を払ったのも、八月十日だった。

「賄賂の金子を受け取って、その日の内には使ったと考えられますね」

「決めつけはできぬが、その疑いのある品を、当家は受け取ることができぬ」

西山は、肩衝茶入れを受け取ったことを認める発言をした。しかも支払いの状況まで調べていた。

もちろんそれは、弐吉や笠倉屋のためにしたのではない。溝口家にしたら、黒崎らの悪事に関わりたくないという気持ちから当たったことだ。

「黒崎家から受け取った品は調べた上で、本日中にもすべて返すことにいたす」

口には出さないが、鼠志野の茶碗《ちゃわん》だけでなく香合や茶杓《ちゃしゃく》などもあった。伝えるべきことを口にすると、西山は腰を上げた。

「ありがとうございます」

弐吉は頭を下げた。店の外にまで、見送りに出た。

「小日向馬場のことがなければ、その方の話は聞かなかったであろう」

「畏《おそ》れ入ります」

「商人として、励むがよい」

西山はそう言い残すと、引き上げて行った。


しばらくして、町廻《まちまわ》りを済ませた城野原と冬太が顔を見せた。冬太は城野原に、玉置屋の不正については逐一報告をしていた。

玉置屋に不正があるならば、力を貸すとの言葉があった。弐吉と清蔵、城野原と冬太で話をした。

西山から聞いた話は、城野原にも伝えた。公儀御用の不正を暴《あば》くことになれば、定町廻り同心としての手柄になる。

「この件で御納戸頭の揖斐様は、黒崎様を疑ったことと思います。すべてを書状にして、訴えましょうか」

弐吉は口にしてから、すぐに思った。揖斐与右衛門が不正を糺《ただ》そうとするならば、事は明らかになるかもしれなかった。しかし庇《かば》おうとしたら、「怪しい」だけで終わってしまうのは明らかだ。ことは己の都合のよいようにばかりは動かない。

「御目付が、放っておけないような確かなものが欲しいぞ」

城野原が言った。その言葉が、弐吉の胸に響いた。溝口家へ、不正に得た賄賂で買い入れた茶器を贈ったことが明らかになれば、それで済むと思っていた。

「抜かった」

それでは済まないと気づいたのである。相手はしたたかな者たちだ。少しの逃げ道でもあったら取り逃がしてしまうかもしれない。

「商人《あきんど》は、出した金子については必ず控えておくものでございます」

清蔵が返した。慌ててはいなかった。

「玉置屋でも、贈賄の記録を残していると考えられるわけですね」

と弐吉。表向きの帳簿ではなく、裏帳簿ということだ。それには、思い至らなかった。あれば黒崎に迫れる。言い逃れはできないだろう。

「気がつきませんでした」

話が前に進んだ。西山からの言葉があったからこそのことだ。

だが玉置屋に、出せと言えば、「ない」と答えるだろう。

「じゃあ、それを奪っちまえばいい」

と言ったのは冬太だ。乱暴だが、それしか手はない。帳面に関する検めができるのは、城野原しかいなかった。出てくれれば、黒崎も玉置屋も言い訳は通らなくなる。

「しかしな、出ないと面倒だぞ」

厄介なことは、したくないのが城之原の本音だ。町奉行所には伝えないですることだった。伝えるとなれば明日になる。

そうなれば、裏帳簿は破棄されてしまうかもしれない。

「必ず出ます。捜しましょう」

ここまできて、引くことはできない。弐吉は頭を下げた。

「悪事を、逃すわけにはいきません」

冬太も言って、城野原は渋々頷《うなず》いた。

「ならば、急がなくてはなりません。溝口様は、今日にも品を返すとのことですから、すぐに玉置屋に伝わるはずです」

焼かれてしまっては、どうにもならない。

「分かった。手先を集めて、玉置屋へ行こう」

城野原が言った。

向かうのは城野原と弐吉、冬太と新たに集めた三人の手先の六人だ。

玉置屋に駆けつけた。主人喜佐右衛門と番頭仙之助がいた。客の姿もあった。

「何事でございましょう」

怪訝《けげん》な顔で、喜佐右衛門が言った。

「御公儀御納戸方への納品と受け取った金子《きんす》、およびその使い道について疑義あり。検めをいたす」

城野原が言った。喜佐右衛門の顔に、小さな動揺が表れた。

「いったいどのような疑義で」

不満気に問いかけてきたときには、居直ったふてぶてしさが顔に浮かんでいた。

「御公儀御用の商いでございます。不審な点などあろうはずもございません」

仙之助が続けた。

「ならばそれでよい。ともあれ、白絹の納品に関する綴《つづ》りをすべて出すがいい」

城野原は二人の問いかけには答えず、強い口調で言った。すべての奉公人を店の板の間に集めさせ、綴りを出させた。

連れて行った手先の者にも調べさせた。裏帳簿ならば、向こうから出すことはない。だからこそ、こちらの手の者が捜す必要があった。手先らには、事前に言い含めてある。

簞笥《たんす》の引き出しや、押入の中も検めた。

「おやめくださいませ」

喜佐右衛門は言ったがかまわない。十手を突き出した。長火鉢の引き出しや、仏壇の裏まで検めた。

「おい、外に出るな」

外に出ようとしていた小僧に、冬太が言った。小僧は、黒崎に伝えに行くのかもしれないと考えたからだろう。

黒崎が現れては、面倒なことになる。

弐吉も商いの綴りを検めた。この一、二年のものについては、すべて検めた。しかしそれらしい記載を残した綴りは現れなかった。

もちろん、裏帳簿と思《おぼ》しいものもだ。

納品された白絹、受け取った金子については、西山から聞いた話と全て重なった。検め終えた段階で、不正の跡は窺《うかが》えなかった。

「いったい何が、目当てだったのでございましょう」

「ここまでなさって、何もなかったでは済みますまい。お奉行様にもお伝えをいたさねばなりません」

喜佐右衛門と仙之助は、誇ったような顔で言った。城野原は苦々しそうな顔で、その言葉を聞いていた。

四

弐吉は、望む綴りが玉置屋にないと察したとき、見ていたのは喜佐右衛門と仙之助の表情だった。城野原の手先が室内を捜していたとき、喜佐右衛門と仙之助はまったく不安の気配を見せなかった。

「なぜか」

と考えたとき、得心がいった。こちらが望むような綴りは、ここにはないからではないか。

手先たちは目の色を変えて捜したが、どこにもなかった。長押《なげし》の中にまで、手を伸ばした者がいた。

「ではどこにあるのか」

ないわけがないと思っている。喜佐右衛門にしろ仙之助にしろ　まともな商人ならば、金の流れをいい加減にはしない。たとえ不正な金であっても、表向きにはできないものでも、そのままにはせずに記録に残す。

商人とはそういうもので、清蔵が言っていた通りだと弐吉は考える。

「そうか」

ここで閃《ひらめ》いた。仙之助はここから歩いてすぐの本材木町のしもた屋で暮らしている。主人の喜佐右衛門とは義理の従兄弟《いとこ》で、商いについてはかなりの権限を持っていた。裏帳簿を管理していたとしてもおかしくはない。

「仙之助の住まいではないか」

と思った。弐吉はそれを、冬太に伝えた。

「そうかもしれねえ」

行ってみることにした。前に仙之助をつけて、住まいの前まで行ったことがあった。

そこで気が付いた。つい今しがたまでいた小僧の内の一人が、見えなくなっていた。

「仙之助の住まいまで走らせたのか」

と察せられた。記録を燃やされでもしたら、追い詰めることが厳しくなる。

「追おう」

弐吉と冬太は駆け出した。道筋は分かっている。

彼方《かなた》に、走ってゆく小僧の姿が見えた。人気《ひとけ》のない楓川《もみじ》の河岸まで出たところで、侍が姿を現した。前を塞《ふさ》いだのである。

初めから身構えていた。用心棒の、澤田重蔵だった。そういえば、店では姿を見かけなかった。

「ここは私が」

弐吉は叫んだ。冬太には、小僧を追ってもらった。見逃してはならない。仙之助の住まいへ駆け込まれたらば、裏帳簿は始末されてしまう。竈《かまど》にでも投げ込まれたらそれまでだ。

冬太には、仙之助の家から望むものを捜し出してほしかった。

澤田がここで現れたのは、こちらの手に渡っては困る品がそこにあるという証《あかし》だった。相手が侍でも譲れない。

弐吉が周囲に目をやると、天秤棒《てんびんぼう》が立てかけてあった。それを手に摑《つか》んだ。

冬太に斬りかかろうとする澤田に、弐吉は天秤棒を突き出した。

「やっ」

追わせるわけにはいかない。狙いを定め、肋骨《ろっこつ》を折るつもりで突き出した。容赦はしなかった。

「うるせえ」

振り返った澤田は、抜いた刀で弐吉が突き出した天秤棒を撥《は》ね上げた。行き先を失った天秤棒は、空を突いただけだった。

澤田の切っ先が、休む間もなく弐吉の脳天を目指して振り下ろされてきた。一瞬の間に、間近まで迫って来ていた。

弐吉は身を相手の脇に回り込むようにしながら、迫ってくる刀身を天秤棒で横に払った。鈍い音がして、弐吉は刀身を躱《かわ》すことができた。

二人の体が、交差した。

足を踏みしめすぐに振り向くと、相手もこちらに向き直っていた。さすがに油断のならない動きだった。

「くたばれ」

刀身が斜め上から落ちてきた。一気に目の前に切っ先が迫っている。天秤棒でそれを撥ね上げた。

切っ先はその動きを予期していたように、角度を変えていた。今度は肩先を狙ってきた。

それも払った。

けれどもそれで終わりではなかった。休まず次は、二の腕を突いてきた。

負けはしない。その突きを撥ね上げてから、澤田の心の臓目がけて天秤棒の先で突いた。避《よ》けたとしても、体のどこかは突いていると思った。

しかし棒の先は、空を突いただけだった。

勢いづいていたので、前のめりになった。こちらの体の均衡が、崩れていた。続けての攻めに入れなかった。

体勢を整えようとしたところで、相手の一撃が、今度は肘《ひじ》を狙って迫ってきた。天秤棒を横に振った。

棒の先が、迫ってきた刀身に当たった。

一瞬でも遅かったら、こちらの肘には、澤田の切っ先が突き刺さっているところだった。

とはいえ、やっとの守りだった。これで弐吉の体勢が、万全になったわけではなかった。

次の攻めに出られない。

もたつく間に、澤田の次の攻めが肩先を目指して飛んできていた。

「ああ」

これは避けられない。

整わない体勢からでは、天秤棒の動きもままならなかった。

もうだめかと覚悟を決めたところで、横から刀身が突き出された。迫ってきていた切っ先を撥ね上げた。

城野原が、駆けつけて来てくれていた。城野原の刀身は、さらに澤田の脇腹を突こうとしていた。

澤田はそれを躱したが、その間に弐吉は、体勢を整えることができた。

「わあっ」

夢中になって、澤田の体に天秤棒の先を突き込んだ。城野原と対峙《たいじ》していた敵は、躱しようがない。

天秤棒は、敵の腹に突き込まれた。肋骨が折れた感触が、手に伝わってきた。

「ううっ」

前に傾いだ澤田の体が、地べたに崩れ落ちた。

「よし」

そして仙之助の住まいへ走った。澤田は、城野原に任せるつもりだった。

弐吉は、仙之助の住まいに駆け込んだ。

冬太は小僧を捕らえて、室内を物色していた。

「ありましたか」

「まだだ」

襖《ふすま》は開け放たれていた。箪笥《たんす》や仏壇の引き出しは、すでに引き抜かれていた。

弐吉は、仙之助の女房の目の動きに注意しながら、部屋の中を見回した。床の間の違い棚や箪笥ではない。鏡台でもなかった。

ちらちらと女房の目が行ったのは、床の間の大黒天の置物のあたりだった。大きな袋を担っている。弐吉はその傍へ寄って、置物に手を伸ばした。

すると袋の部分の裏側は、蓋《ふた》のついた物入れになっていた。

「わあああっ」

女房が声を上げた。

弐吉は裏にある蓋を外した。中に何枚かの紙の綴《つづ》りが入っていた。引き出して、手に取って広げた。女房が奪い取ろうとしたが、冬太が体を押さえつけた。

記された文字を目で追った。

「玉置屋が黒崎に贈った賂《まいない》の綴りだな」

傍へ寄って来た冬太が、紙面を覗《のぞ》き込んで言った。このときには女房は、抗《あらが》う気力をなくしていた。

二年半ほど前から記されている。最近では、四十両が八月十日に支出されていた。黒崎が和泉屋から肩衝《かたつき》茶入れを買い入れた日だった。

金子《きんす》を受け取った黒崎は、その日のうちに、和泉屋へ出向いたことになる。その金額を検《あらた》めると、公儀が玉置屋に払った一割に当たる額だった。

年にして、百両ほどになる。

さらにそこには、能見彦兵衛の名もあった。金高は、黒崎へ払われたその一割だった。

「これでも、能見にしたら大きいだろう」

と考えた。贈賄の証拠になる綴りだった。

「これで黒崎は、ただでは済まないぜ」

冬太が言った。

「公儀の品で、賂を得ていたわけだからな」

と続けた。

「そうですね」

綴りを手に、弐吉と冬太は玉置屋へ戻った。

「ああっ」

綴りを見せられた喜佐右衛門と仙之助は顔色を変えた。それで覚悟を決めたらしかった。

城野原は手先たちに、二人を南茅場町の大番屋へ連行するように命じた。

「黒崎については、町奉行を通して御目付に伝えてもらう。証拠の品も添えてな」

と城野原は続けた。

五

三日後の昼下がり、弐吉は札旦那《ふだだんな》と対談を終えたところだった。城野原と冬太が、笠倉屋へ顔を出した。

弐吉は清蔵と共に、現れた二人と別室で向き合った。城野原は、黒崎や能見、玉置屋への取り調べの結果を伝えに来たのである。

なる。


「贈賄の綴りがあったからな、玉置屋としては、言い訳がきかなかった」

用心棒が刀を抜いて、こちらの動きを止めようとした。それも犯行の証《あかし》の一つになる。


「贈賄が始まったのは、やはり納期遅れを庇《かば》ってもらったときからですね」

城野原の言葉を受けて、弐吉が尋ねた。裏帳簿では、そうなっていた。

「それまでも通常の進物程度はしていたらしいが、しくじりの折に、仙之助が五十両を持って行った。それから額が大きくなったわけだな」

それで黒崎は味をしめたのか。

「猟官のために金子を使うようになったのは、その頃からですね」

「そうだ。玉置屋は求められて、断れなかったようだ」

黒崎の意を受けた篠田が、喜佐右衛門と仙之助に持ちかけた。玉置屋には落ち度があった。商いも陰りかけていたので、断り切れなかった。

公儀御用達《ごようたし》の看板は、どうしても守りたかったという話だ。

「不正には、直接の掛《かかり》である能見の手伝いが必要だった」

直接の担当である能見が具申をし、組頭の黒崎がそれを受け入れる形になっていた。そういう段取りを踏むから、頭の揖斐も受け入れた。黒崎だけか玉置屋を推したのではなかった。

玉置屋の扱い量が、増えていった。臨時の納品も、玉置屋が他の御用達よりも多く受注できた。他の御用達は不満に思っても、声高にそれを口にできなかった。嫌われて御用達から外されるのを怖れたのである。

黒崎と能見の取り分は、裏帳簿にあった通りだと喜佐右衛門と仙之助は認めた。その口書きを取り、これに古道具屋和泉屋の肩衝茶入れの販売に関する帳面の写しを添えて、昨日の正午前には町奉行の手を経て御目付に提出をした。

「公儀の威信にも関わることだからな、御目付の動きは速かった」

まずは能見を呼び出し、証拠の品を示して問い質《ただ》しを行った。

能見は証拠の品と喜佐右衛門と仙之助の口書きがあったので、逃れられないと察したらしい。犯行を認めた。

「玉置屋から入る金子は、都合がよかった」

と能見は自白したとか。笠倉屋からの借り入れは、限界に来ていた。切米《きりまい》のたびにする返済の額は、増えるばかりだった。玉置屋から入る金子は年十両ほどだが、それでも能見家には大きかった。

黒崎から指図を受けたことも認めた。

それから目付は、黒崎のもとへ調べの者を出向かせて尋問した。

「初め黒崎は、用人の篠田が勝手にしたことで自分は知らなかったと告げたそうだ」

「あいつらしいですね」

卑怯《ひきょう》なやつだという思いは、弐吉の胸の中で膨らむばかりだ。

「しかし別に問い質しを行った篠田は、黒崎から指図を受けたこと、受け取った金子で茶道具を買ったことなどを白状した。玉置屋から料理屋の笹尾で饗応《きょうおう》を受けたことも認めたぞ」

「自分が、蜥蜴《とかげ》の尻尾《しっぽ》のごとく切り捨てられると分かるからですね」

篠田は黒崎の配下として長く過ごしてきた。その傲慢《ごうまん》さや身勝手さは、身に染みていたのかもしれない。

「まあ、そんなところだろう」

黒崎は、能見や玉置屋の二人、篠田の証言があったので、白を切り通すことはできなかった。

直参《じきさん》が公儀の役目を笠《かさ》に着て、金品を得たことは許されない。

「黒崎と篠田、それに能見は斬首《ざんしゅ》となる。武士としての尊厳が守られる切腹とはならない。黒崎家と能見家は、断絶になるそうだ」

当然といった顔で城野原は言った。

「喜佐右衛門と仙之助も死罪で、玉置屋は闕所《けっしょ》となるのは間違いなかろう」

と続けた。溝口家は不正については関わりなかったし、品も返していた。何の沙《さ》汰《た》もないことになる。

「あの世のおとっつぁんは、これで少しは気持ちが治まったんじゃあないかい」

と冬太が、弐吉に語りかけてきた。父弐助が、黒崎の狼藉《ろうぜき》によって命を失った。

その件ではどうにもならないが、今回の件で黒崎を仕留めることができた。

「そうですね。おっかさんも、きっと草葉の陰で喜んでいます」

それを思うと、弐吉はつんと胸が痛くなった。胸のつかえが取れた。田町下二丁目の裏長屋で、親子三人が満ち足りて過ごした幼い日々があった。それがある日突然に壊された。

戸板で運ばれてきた弐助の無残な姿を目にしてから今日まで、悪鬼のような侍のことを思わない日はなかった。浅蜊《あさり》で袴《はかま》を汚されただけで、謝る振り売りが死に至るほどの狼藉を働いたのである。

城野原と冬太が引き上げた後で、弐吉は雪隠《せっちん》へ行って一人で泣いた。泣き終えると、すっきりした。

気持ちの整理がついた弐吉は、清蔵の傍まで行って気持ちの整理ができたことについて礼を伝えた。そして話をした。

「これで、笠倉屋の札旦那が二家なくなることになります」

札差《ふださし》としては顧客をなくしたことになる。

「そうだ。黒崎家には貸金はなかったから、禄米《ろくまい》の代理受領と換金の仕事がなくなるだけだ」

「能見家への貸金が焦げ付きます」

「五年先の禄米まで担保にして金を借り、五年以上前の貸金が返されていない」

清蔵は、苦々しい顔になった。総額で百二十両を超すはずだった。

「大きいですね」

たとえ一文でも、疎《おろそ》かにしないのが商人《あきんど》だ。

「商いには、常に思いがけないことが起こる。避けようにも、避け切れないことがあるものだ」

「はい」

「日頃から、そういうことも踏まえた商いをしていかなくてはいけない」

盤石な基盤を拵《こしら》えておけという話だと受け取った。

六

その後で弐吉は、金左衛門の言いつけで札差仲間の肝煎《きもい》りのもとへ、書状を届けに行った。

小料理屋雪洞の前を通ると、店の入口の脇に、見事な厚物の白と黄色の菊の鉢植えが三つずつ置かれていた。お浦が水をやっている。なかなかの大輪だ。

「なかなかの出来栄えですね」

目が合ったので、弐吉が声をかけた。近寄ると、つんと甘いにおいが鼻を突いてきた。

「そうだよ。あたしが育てたんだ」

お浦は誇らしげだ。

「たいしたものだ」

「うふふ」

嬉《うれ》しそうに笑った。そして弐吉の顔を覗《のぞ》き込んだ。

「何だか、すっきりした顔をしているじゃないか」

「そうですかね」

自分では、いつもと同じつもりだった。

「いいことが、あったんでしょ」

「まあ」

よく分かったと思った。

「どうして分かったのですか」

訊《き》いてみた。

「だって、顔に書いてあるもん」

少し驚いた。書いてあるわけがない。何か話をしたわけでもないのに気が付いた。勘の鋭いお浦は、人を見る目があるのかもしれない。

「何があったの」

「長い間、胸にあったつかえが払われたんですよ」

詳しいことを話すつもりはなかったので、そう答えた。

「ああ、前におとっつぁんのことを話していたっけ」

そういえば、漏らしてしまったことがあった。覚えていたらしい。

「よかったね」

そう言って、口の中に飴玉《あめだま》を押し込んできた。いつものことだが、それでも嬉しい気持ちになった。

「どんなことか、教えてよ」

「いやあ、長くなるし」

躊躇《ためら》っていると、「ふん」といった顔になった。結構短気だ。

「じゃあいい」

不貞腐《ふてくさ》れたような顔になって行ってしまった。けれども弐吉は気にしない。次に会えば、忘れたように何か言ってくると分かっているからだった。

店に戻ると、台所でお狛がお文に何か言っていた。弐吉はつい、聞き耳を立ててしまった。

「播磨屋の助次郎さんが、縁談を断って来ましたよ。あんた何か、酷《ひど》いことを言ったらしいじゃないか」

腹を立てている様子だった。

「いえ。そういうことは、なかったと思いますが」

控えめだが、お文はしっかりした口調で返していた。

「気づかないうちに、何か言ったかしたかしたんだよ。そうじゃなければ、あんなにその気だった人が断ってくるわけがない」

「あいすみません」

お文はあくまでも神妙だ。それを聞いて、弐吉はほっとした。お文は下手に出ながらも、自分の気持ちは譲らない。控えめでおとなしそうに見えたが、今度のことで、見た目では分からなかった一面が窺《うかが》えた気がした。

お狛は数日不機嫌かもしれないが、弐吉にしてみればどうでもいい。お文がまだ笠倉屋にいることが分かったのは、何よりだった。

貞太郎は、お澄の一件以来神妙にしているかに見えたが、昨日は遊び好きで十八大通の一人として知られる近江屋喜三郎について、吉原へ繰り出していった。ぞろりとした黒羽織に鮫鞘《さめざや》の脇差《わきざし》を腰にした、蔵前風のいで立ちだった。

「素人に手を出すよりは、よほどいいよ」

お徳は、相変わらず甘いことを口にしていた。いい加減に気がつけと思うが、そうはいかないようだった。

朝帰りになった。貞太郎は、お澄のことは忘れたようだ。

お文は昨日、様子を見に行ったと言っていた。

「常磐津《ときわず》の稽古《けいこ》をつけていますす。顔色も、よくなっていますよ」

と弐吉に話してくれた。心に負った傷は、容易《たやす》くは癒《い》えないかもしれないが、常の暮らしに戻ろうとしている様子は伝わってきた。

「貞太郎の代になったら、笠倉屋は間違いなく潰《つぶ》れるぞ」

陰口をたたく者は、少なからずいた。

「そうはさせない」

と弐吉は思うが、貞太郎を変えることはできないと身に染みていた。何ができるか、これからのことは分からない。

殴りつけた猪作とは、あれからは用事以外口を利いていない。時折憎しみの目を向けてきているのに気付くが、知らぬ顔をした。どう思われてもかまわない、という気持ちだった。

若旦那《わかだんな》は酷いにしても、自分には他に行く場所はないと承知している。ならばここで商人としての力をつけるしかないと考えていた。

「おい。銀三十匁を、用立ててもらおうじゃないか」

目の前に腰を下ろした札旦那が、弐吉に言った。

本書は書き下ろしです。

成《な》り上《あ》がり弐《に》吉《きち》札《ふだ》差《さし》帖《ちょう》

公《こう》儀《ぎ》御《ご》用達《ようたし》

千《ち》野《の》隆《たか》司《し》

令和6年 6月25日　初版発行

発行者●山下直久

発行●株式会社KADOKAWA
〒102-8177　東京都千代田区富士見2-13-3
電話　0570-002-301（ナビダイヤル）

角川文庫 24209

印刷所●株式会社暁印刷
製本所●本間製本株式会社

表紙画●和田三造

●お問い合わせ
https://www.kadokawa.co.jp/（「お問い合わせ」へお進みください）
※内容によっては、お答えできない場合があります。
※サポートは日本国内のみとさせていただきます。
※Japanese text only

ISBN 978-4-04-114631-6　C0193

◇◇◇

角川文庫発刊に際して

角　川　源　義

第二次世界大戦の敗北は、軍事力の敗北であった以上に、私たちの若い文化力の敗退であった。私たちの文化が戦争に対して如何に無力であり、単なるあだ花に過ぎなかったかを、私たちは身を以て体験し痛感した。西洋近代文化の摂取にとって、明治以後八十年の歳月は決して短かすぎたとは言えない。にもかかわらず、近代文化の伝統を確立し、自由な批判と柔軟な良識に富む文化層として自らを形成することに私たちは失敗して来た。そしてこれは、各層への文化の普及滲透を任務とする出版人の責任でもあった。

一九四五年以来、私たちは再び振出しに戻り、第一歩から踏み出すことを余儀なくされた。これは大きな不幸ではあるが、反面、これまでの混沌・未熟・歪曲の中にあった我が国の文化に秩序と確たる基礎を齎らすためには絶好の機会でもある。角川書店は、このような祖国の文化的危機にあたり、微力をも顧みず再建の礎石たるべき抱負と決意とをもって出発したが、ここに創立以来の念願を果すべく角川文庫を発刊する。これまで刊行されたあらゆる全集叢書文庫類の長所と短所とを検討し、古今東西の不朽の典籍を、良心的編集のもとに、廉価に、そして書架にふさわしい美本として、多くのひとびとに提供しようとする。しかし私たちは徒らに百科全書的な知識のジレッタントを作ることを目的とせず、あくまで祖国の文化に秩序と再建への道を示し、この文庫を角川書店の栄ある事業として、今後永久に継続発展せしめ、学芸と教養との殿堂として大成せんことを期したい。多くの読書子の愛情ある忠言と支持とによって、この希望と抱負とを完遂せしめられんことを願う。

一九四九年五月三日

角川文庫ベストセラー

入り婿侍商い帖
大目付御用（一）
千野隆司

仇討を果たし、米問屋大黒屋へ戻った角次郎は、大目付・中川より、古河藩重臣の知行地・上井岡村の重税を告発する訴状について、商人として村に潜入し、探るよう命じられる。息子とともに江戸を発つが……。

入り婿侍商い帖
凶作年の騒乱（一）
千野隆司

米商いの幅を広げる角次郎。だが凶作の年、信頼関係を築いてきた村名主から卸先の変更を告げられる。さらに村名主は行方不明となり……世間の不穏な空気と、大黒屋に迫る影。角次郎は店と家族を守れるか？

新・入り婿侍商い帖
千野隆司

10月。切米の季節で、蔵前は行きかう人でにぎわっている。しかし、羽黒屋の切米が何者かによって奪われてしまった！　五月女家の家督を継いだ善太郎は、羽前屋のお稲の妊娠を知る。2人が選んだ結末は……。

新・入り婿侍商い帖
嫉妬の代償
千野隆司

善太郎の実家にさらなる災難が！　切米騒動に隠された裏側とは……また、身重のお稲と善太郎、若い2人の選んだ道は……お互いが思いやる心が描かれる、感動の新シリーズ第2弾！

新・入り婿侍商い帖
二つの祝言
千野隆司

善太郎との間に生まれたお珠を久実に見せるため、五月女家に向かっていたお稲は、何者かに襲われる。さらに、大黒屋に、大口の仕事が舞い込んでくる。善太郎はお家存続のため、事件解決に向けて奔走する！

角川文庫ベストセラー

新・入り婿侍商い帖
遠島の罠（一）
千野隆司

新・入り婿侍商い帖
遠島の罠（二）
千野隆司

新・入り婿侍商い帖
遠島の罠（三）
千野隆司

新・入り婿侍商い帖
古米三千俵（一）
千野隆司

新・入り婿侍商い帖
古米三千俵（二）
千野隆司

羽前屋に旗本吉根家の用人から、米を引き取ってほしいと依頼があった。同じ頃、角次郎は藩米の仲買問屋の寄合いで、仙波屋に声をかけられ、吉根家を紹介される。どうやら取引には裏がありそうで……。

冤罪で遠島になってしまった、大黒屋の主・角次郎。協力関係にある羽前屋の助けを借りつつ、罪をかぶせた犯人探しに奔走する善太郎。善太郎の苦悩、そして成長に目が離せない新章第2弾！

八丈島へ流された角次郎は、流人らとともに生活の基盤を築いていく。一方江戸では、善太郎が角次郎を呼び戻すため奮闘していたが、戸締の最中に商いをしていたことが取りざたされ、さらに困難な状況に！

7月下旬。角次郎の冤罪も晴れ、大黒屋の賑わいも昔に戻っていた。今年の作柄も良く、平年並みの値で米の取引ができると、善太郎たちが喜んでいた。しかし、羽前屋を貶めようと、新たに魔の手が忍び寄る――。

蔵に残る三千俵の古米と、田を襲撃する飛蝗の群れ、大怪我を負い意識の戻らぬ銀次郎――。度重なる災難の中、仲間と刈入れ直前の稲を守るため、善太郎はある覚悟を決めて村に向かうのだが……。